Goldmann Science Fiction

Von Frederik Pohl
ist bereits im Goldmann Verlag erschienen:

Jenseits der Sonne · 23205
Sternsplitter · 23423
Syzygie · 23413
Der lautlose Krieg · 23392
Jenseits des blauen Horizonts · 23384
Jem – die Konstruktion einer Utopie · 23360
Gateway · 23299
Der Plus-Mensch · 23266

SCIENCE FICTION
ROMAN

F. Pohl
C. M. Kornbluth

Die gläsernen Affen

GLADIATOR-AT-LAW

Wilhelm Goldmann Verlag

Aus dem Amerikanischen übertragen von
Tony Westermayr

1. Auflage Mai 1976 · 1.–10. Tsd.
2. Auflage Mai 1984 · 11.–18. Tsd.

Made in Germany

Umschlagentwurf: Design Team München
Umschlagillustration: Roy Virgo / Agt. Schlück, Garbsen
Satz: Pressedruck, Ausburg
Druck: Elsnerdruck GmbH, Berlin
Verlagsnummer: 23224
Lektorat: Peter Wilfert
Herstellung: Peter Papenbrok
ISBN 3-442-23224-4

I

Der Angeklagte war ein Winsler mit teigigem Gesicht, jeder Zoll ›Anlagebedingt minderwertiger Psychopath‹. Jammernd sagte er zu Charles Mundin, Bakkalaureus der Rechte, juristische Fakultät der John Marshall-Universität: »Herr Rechtsanwalt, Sie müssen mich herauspauken! Ich habe zweimal gesessen, und diesmal polen sie mich um!«

Mundin betrachtete angewidert seinen ersten Mandanten.

»Sie wollen sich nicht schuldig bekennen?« fragte er noch einmal ohne Hoffnung. Er war vom Gericht als Pflichtverteidiger bestimmt worden und hielt das für eine Zumutung. Die Porenmuster von dem Kerl fanden sich überall auf Beweisstück A, einer Stahlblech-Geldkassette, die man aus einem Kartenschalter im Monmouth-Stadion herausgefischt hatte. Ein angeblicher Komplice, der den Kartenverkäufer beinahe die ganzen erforderlichen fünf Minuten beschäftigt hatte, war nur zu gern bereit, als Zeuge aufzutreten – nachdem er sich mit dem Ankläger arrangiert hatte. Und dieser Kerl hier weigerte sich nach wie vor, ein Geständnis abzulegen!

Mundin versuchte es noch einmal.

»So schlimm wird es gar nicht, wissen Sie. Nur zwei Tage in einer Klinik. Es ist ganz schmerzlos, und das sage ich nicht nur so dahin. Ich habe es selbst schon beobachtet. Im ersten Semester sind wir herumgeführt worden –«

»Herr Rechtsanwalt, Sie verstehen das einfach nicht«, wimmerte der Kerl. »Wenn sie mich umpolen, muß ich zur Arbeit gehen, um Himmels willen!«

Mundin zuckte die Achseln.

»Sie handeln gegen meinen Rat«, sagte er. »Ich werde für Sie tun, was ich kann.«

Aber die Verhandlung war in wenigen Minuten vorbei. Mundin hatte versucht, einen Revisionsgrund zu schaffen, indem er die Aussage des Komplicen beanstandete. Er behauptete, der Leumund des Zeugen lasse seine Aussage bei einer Straftat nicht zu, die mit Rekonditionierung bedroht sei. Der Ankläger, ein Grande von der Harvard-Universität, verwarf hochmütig Mundins Einlassung und betonte, das Wesen der mit Rekonditionierung bedrohten Straftat liege in der Motivation des Angeklagten, nicht in der Tatsache der Ausführung, und zu mehr habe der Zeuge sich nicht geäußert. Er rasselte eine Reihe von Präzedenzfällen herunter.

Die Augen des Richters starrten leer in die Ferne. Er nickte und sagte zu Mundin: »Einwand abgewiesen. Machen Sie weiter.«

Mundin nahm sich nicht einmal die Mühe zu widersprechen.

Die Anklage schloß ab, und Mundin erhob sich mit trockener Kehle.

»Wenn es dem Gericht beliebt«, sagte er. Seine Ehren sahen aus, als habe dem Gericht noch nie etwas beliebt. Mundin sagte zum Geschworenenschrank: »Die Verteidigung geht davon aus, daß die Anklage unbegründet ist und ruft deshalb keine Zeugen auf.« Das würde den Harvard-Mann wenigstens daran hindern, der Jury die zwei Vorstrafen seines Mandanten zur Kenntnis zu bringen. »Die Verteidigung bringt nichts weiter vor.«

Der Harvard-Mann lächelte kalt, faßte in dreißig Sekunden zusammen und bewies mit drei messerscharfen Schlußfolgerungen, daß der Angeklagte schuldig sei.

Die Finger des Schriftführers tanzten über die Tasten des Bandschreibers und erstarrten erwartungsvoll, als Mundin aufstand.

»Wenn es dem Gericht beliebt«, sagte er. Wieder dieser Blick. »Mein Mandant ist nicht vom Glück verfolgt gewesen. Produkt einer schlimmen Kindheit und der Gossen von Belly Rave, hat er Anspruch auf Gerechtigkeit wie jeder Bürger. Aber in diesem Fall bin ich gezwungen, hinzuzufügen, daß der Zweck der Justiz nur erfüllt werden kann, wenn sie sich mit Gnade verbindet.«

Richter und Ankläger lächelten ganz offen. Zum Teufel mit der Würde! Mundin verdrehte den Hals, um das gelbe Band zu lesen, das aus der Kodiermaschine des Schriftführers kam. Er konnte den Geschworenenschrank-Kode lesen, wenn er einfach gehalten war.

Die verschlüsselte Übertragung seiner Zusammenfassung war einfach genug. Auf dem Band stand: ›O-O . . . O-O . . . O-O . . .‹

»Die Verteidigung hat nichts mehr vorzubringen«, murmelte er und ließ sich auf seinen Stuhl fallen, ohne das verzweifelte Murren des Angeklagten zu beachten.

Der Richter sagte: »Schriftführer, legen Sie den Fall dem Geschworenenschrank vor.«

Der Schriftführer gab die beiden Bänder ein. Der Geschworenenschrank summte und blinkte. Wenn man diese Dinger nur manipulieren könnte! dachte Mundin erbost und starrte die große Plombe an dem Gerät an. Oder wenn man einen von diesen verdammten Schriftführern dazu bewegen könnte, das Band zu kupieren – nein, das ging auch nicht. Sie waren freiwillig konditioniert. Wie die freiwilligen Kastraten früher. Die Mannheit aufgegeben für ein gesichertes Leben.

Das rote Fenster leuchtete auf: ›Schuldig im Sinne der Anklage.‹

»Arbeit!« stöhnte der Angeklagte mit weit aufgerissenen Augen.

Der Richter verschob seine Perücke, so daß der Kopfhörer sichtbar wurde, und sagte: »Abführen. Das Strafmaß wird morgen um elf Uhr verkündet. Die Verhandlung ist geschlossen.«

»Ich hasse die verdammten Maschinen«, stöhnte der Angeklagte. »Hätten Sie mir nicht eine Jury aus Menschen besorgen können?«

»Eine Jury aus Menschen hätte Sie ans Kreuz genagelt«, sagte Mundin müde. »Warum mußten Sie auch ausgerechnet im Stadion klauen? Warum nicht etwas Ungefährliches aussuchen wie die Kirche oder das Sparschwein vom Richter? Wir sehen uns morgen.« Er drehte seinem Mandanten den Rücken zu und stieß mit dem Harvard-Mann zusammen.

»Guter Versuch, junger Mann.« Der Grande lächelte frostig. »Man kann nicht immer Sieger sein, oder?«

Mundin schnaubte: »Wenn Sie so schlau sind, warum sind Sie dann nicht Konzernsyndikus geworden?« und stapfte hinaus.

Er war auf der Straße, bevor er die böse Bemerkung bedauerte. Das Gesicht des Harvard-Mannes war zufriedenstellend lang geworden, aber die Stichelei war auch wieder O-O. Warum wohl? Mundin hatte keine der großen Kanzleien für Gesellschaftsrecht geerbt und würde nie eine erben. Selbst die Mühsal eines Harvard-Studiums führte nicht dazu, daß man in die Familien Root oder Lincoln, Dulles oder Choate hineingeboren wurde. Nichts für den Harvard-Ankläger und nichts für Charles Mundin: die großen Umorganisierungen, Konkursverwaltungen und Obligationsausgaben. Nichts für sie – die Fusionen und Protektionsausschüsse. Nichts für sie – der Goldregen, der herabfiel, wenn man vor menschlichen Richtern und menschlichen Geschworenen, menschlichen Nachlaßrichtern und menschlichen Kommissionen plädierte. Für sie blieb der Geschworenenschrank, blieben die Banalitäten des Strafrechts.

Ein mürrischer Spaziergang durch die heiße, ausgefahrene

Straße von Monmouth brachte ihn zu seinem Bürogebäude. Sein Geldbörsennerv zuckte, als sein Auge auf das unauffällig stolze, kleine Schild an der Tür fiel. Darauf stand, daß die Hausverwaltung bedaure, keine leeren Räume anbieten zu können. Mundin hoffte, daß das so bleiben würde, zumindest, was sein eigenes Büro betraf.

Er bekam einen Lift für sich. »Sechzehn«, sagte er zu ihm. Er dachte an seinen ersten Mandanten. Wenigstens würde er Honorar bekommen; bei Fällen mit Rekonditionierung wurde Honorar gezahlt. Der Angeklagte entsetzte sich bei dem Gedanken, daß er danach unfähig sein mochte, zu stehlen. Aber vielleicht würde Rechtsanwalt Mundin selbst bald dazu gezwungen sein, eine Schnur mit Haken über die Wand eines Kartenschalters im Monmouth-Stadion zu werfen ...

Oder er mochte ganz verzweifeln und sich als einen der Wettkämpfer auf dem Spielfeld wiederfinden.

Sein Postkorb war leer, aber seine garantiert vollautomatische Sekretärin ›Schlafnie‹ – an der er immer noch abbezahlte – blinkte, um seine Aufmerksamkeit auf sich zu ziehen. Schon wieder der Vermieter? Ein Vertreter mit Gesetzeskommentaren? Vielleicht sogar ein Mandant?

»Nur zu«, sagte er.

Mit ihrer perfekten Stimme sagte die Maschine: »Anruf, 1205 Uhr. Mr. Mundin ist unterwegs, Madam. Wenn Sie eine Nachricht hinterlassen wollen, nehme ich sie auf.«

Die Stimme gehörte Del Dworcas, dem Vorsitzenden des Bezirksausschusses und Verteiler kleiner Gefälligkeiten. Er sagte: »Wen, zum Teufel, nennst du eigentlich Madam, Schwester?«

Die Sekretärin: »Ga-ga-ga. Au-uh, Sir.«

Dworcas, verärgert: »Was, zum Teufel –? Ach so, einer von diesen verdammten Apparaten. Also, passen Sie auf, Charlie, falls Sie das je zu hören bekommen. Ich schicke jemanden zu Ihnen. Er heißt Bligh. Kümmern Sie sich um ihn. Und rufen Sie mich an. Habe etwas mit Ihnen zu besprechen. Und diese verdammte Maschine lassen Sie besser reparieren, sonst geht das Geschäft noch schlechter.«

Die Sekretärin, nach einer Pause: »Ist Ihre Nachricht damit beendet, Madam?«

Dworcas: »Der Teufel soll dich holen, ja! Und nenn mich nicht dauernd Madam!«

Die Sekretärin: »Ga-ga-ga – au-uh.« Und Klick.

Na fein, dachte Mundin. Jetzt war Dworcas wütend auf ihn, und dagegen ließ sich nichts machen. Die Verwirrung der Sekretär-Maschine bei den Geschlechtern und das Stottern schienen vom Servicevertrag nicht gedeckt zu sein.

Und Dworcas war Vorsitzender des Bezirksausschusses, der verdienten jungen Anwälten Wahlaufsichtsaufgaben zu übertragen pflegte.

Die Rohrpost schnalzte, während er Dworcas und den Vertreter verfluchte, der ihm die Sekretärin mit Schmeicheleien aufgeschwatzt hatte. Er fischte den Brief eifrig aus dem Korb, aber als er den Absender las, ließ er ihn ungeöffnet fallen. Die Gesellschaft für Stipendien-Anleger-Beratung konnte ihm nichts von Interesse zu sagen haben; er wußte, daß er ihr Geld schuldete, und er wußte seit dem Jurastudium, für das sie bezahlt hatte, daß sie nichts Drastisches unternehmen konnte, um ihn zur Zahlung zu zwingen.

Es gab also nichts zu tun, bis jemand auftauchte – dieser Bligh, oder der Mann vom Büro des Sheriffs. Ein Hoch auf das Leben eines Anwalts, der auf Maschinen einredete und dabei fürchtete, sie hielten ihn nicht für so schlau wie er selbst.

Die Sekretärin ›Schlafnie‹ sagte: »Sir oder Madam, je nachdem. Ga-ga-ga. Bedaure Vorschlag.« Mundin gab der Maschine einen wütenden Tritt. Sie rülpste und sagte: »Im Vorzimmer wartet ein Herr, Mrs. Mundin.«

»Herein!« brüllte Mundin zur Tür. Dann sagte er: »Oh, Verzeihung. Mr. Bligh?«

Der Mann blinzelte ein paarmal und kam vorsichtig herein. Er schaute sich um und suchte sich einen Stuhl aus. Er trug ein Hörgerät, wie Mundin bemerkte; vielleicht legte er deshalb den Kopf ein wenig auf die Seite.

»Richtig«, sagte er. »Norvell Bligh. Ich – äh – habe Mr. Dworcas gefragt, ob er mir einen erstklassigen Anwalt empfehlen könnte, und er – äh – hat Sie empfohlen.«

Mundin sagte von oben herab: »Was kann ich für Sie tun?«

»Hm.« Bligh schaute sich nervös im Zimmer um. »Meine Frau – das heißt, ich möchte Informationen über Adoption haben. Ich habe eine Stieftochter – die Tochter meiner Frau aus erster Ehe, wissen Sie – und, na ja, meine Frau meint, wir sollten uns überlegen, ob wir sie nicht adoptieren können.«

Der gute alte Del Dworcas, dachte Mundin aufgebracht. Er

weiß ganz genau, daß ich nur als Strafverteidiger zugelassen bin, und er geht einfach her –

»Es tut mir leid, Mr. Bligh«, sagte er. »Ich kann Ihnen nicht helfen. Sie müssen sich einen Anwalt für Zivilrecht nehmen.«

Bligh berührte den Drehknopf seines Hörgeräts.

»Wie bitte?«

»Ich sagte, ich – kann – das – nicht – machen«, erklärte Mundin laut und deutlich.

»Ach, das weiß ich«, sagte Bligh. »Das hat mir Mr. Dworcas schon klargemacht. Er sagte aber, daß die Zivilanwälte sehr viel Geld verlangen, und daß Sie – das heißt, da Sie ein Freund von ihm sind und ich ein Freund von seinem Bruder, könnte man das auf freundschaftlicher Basis abwickeln. Ich muß eigentlich nur wissen, was ich zu tun habe. Ich glaube nicht, daß ich einen Anwalt vor Gericht brauche, oder?«

Mundin überlegte.

»Möglicherweise nicht.« Es war ein dubioses Vorgehen, daran gab es keinen Zweifel, und Dworcas verdiente wenig Dank dafür, daß er ihm das eingebrockt hatte. Wenn es allerdings nur um Rat und Information ging – zum Glück hatten die Herren Gesellschaftssyndici darauf noch kein Monopol.

Er lehnte sich zurück und sah sich Bligh verstohlen an. Nicht gerade die eindruckvollste Gestalt, die er bisher gesehen hatte, aber recht gut angezogen, auf keinen Fall ein Habenichts. Er würde wohl Vertragsarbeiter sein, mit regelmäßigem Lohn, in einem G.M.L.-Haus wohnend, den Nörgeleien seiner Frau ausgesetzt, was man ihm ansah.

»Erzählen Sie mir die Geschichte«, sagte Mundin. »Vor allem einmal, wieviel –? Das heißt, das Gericht wird wissen wollen, ob Sie genug verdienen, daß Sie das Kind ernähren können.«

»Na, ich ernähre es ja schon drei Jahre. Verzeihen Sie, Mr. Mundin, aber können wir das nicht abkürzen? Ich bin in meiner Mittagspause hergekommen, und Mr. Candella ist da sehr streng.«

»Gewiß. Nennen Sie mir nur die Tatsachen – Alter des Kindes, wo der Vater ist und so weiter.«

Bligh hustete verlegen.

»Ich heiße Norvell Bligh«, sagte er. »Ich bin Produktionsassistent bei ›Unterhaltung für alle‹, vorwiegend verantwortlich für die Beschaffung beim Galatag. Meine Frau heißt Virginia. Sie war vorher mit einem Mann namens Tony Elliston verheiratet. Sie – äh –

kamen nicht gut miteinander aus. Es war ziemlich hart für sie. Sie hatten eine Tochter, Alexandra. Virginia und ihr erster Mann ließen sich scheiden, aber soviel ich weiß, ist er tot. Jedenfalls bekam sie die Sorgepflicht übertragen. Ich habe die Unterlagen hier. Alexandra ist jetzt zehn. Genügt das?«

Mundin schrieb rasch mit – ein reiner Vorwand, weil die Sekretärmaschine automatisch alles aufnahm. Aber vielleicht war es gar nicht überflüssig, dachte er.

»Das genügt vorerst«, meinte er. »Ich muß nachschlagen – muß den Fall mit einem meiner Kollegen besprechen. Wenn Sie am – sagen wir, am Freitag um diese Zeit wiederkommen würden? Fein.«

Als Bligh ein wenig erschreckt ging, sagte die Sekretärin ›Schlafnie‹: »Quittung folgt. Au-uuh. Mrs. Mundin ist zur Zeit verreist.«

Mundin schaltete das Ding ab.

Zwei Mandanten an einem Tag, dachte er verwundert. Alles war möglich. Vielleicht würde er doch nicht erleben müssen, wie die Fabrik die Sekretärin abholte, die Stipendien-Anlage-Beratung sein Gehalt pfändete und der Vermieter ihn auf die Straße warf.

Vielleicht.

2

Ein besonders guter Anwalt schien er nicht zu sein, sagte sich Norvell Bligh auf dem Rückweg zu seinem Büro, aber wenigstens würde dieser Mundin nicht viel verlangen. Arnie hatte ihm das praktisch versprochen; Arnie hatte gesagt: »Geh'n Sie zu meinem Bruder, Norvie. Del ist ein ganz wichtiger Mann und, wenn ich das sagen darf, einer der bedeutendsten Köpfe im heutigen Staat. Der wird Ihnen das Richtige vermitteln, und das mit den Kosten geht bestimmt auch in Ordnung.«

Aber wer brauchte schon einen Advokaten, um ein Adoptionsgesuch einzureichen? Das Ganze war reichlich albern. Wenn Ginny in letzter Zeit nur nicht so empfindlich wäre, hätte man ihr erklären können, daß das nur unnötige Kosten machte, daß ihnen keiner Alexandra wegnehmen würde; selbst beim Erbrecht gab es keine Zweifel, falls er sterben sollte.

Er dachte ein wenig darüber nach. Virginia schien diesen Punkt ziemlich ernst genommen zu haben, wie er fand. Sie hatte ihn dutzendmal erwähnt: »Vergiß nicht, ihn wegen des Erbrechts zu fragen.« Und er hatte es natürlich vergessen. Nun ja, am Freitag war wieder eine Gelegenheit.

Und man konnte es Virginia nicht übelnehmen, wenn sie sich ein wenig – nun, ungesichert fühlte. Das Leben mit diesem Tony mußte eine wahre Hölle gewesen sein, in Belly Rave, von der Hand in den Mund, ohne Zukunft, ohne Sicherheit. Deshalb war sie jetzt eine so aufopfernde Ehefrau.

Natürlich war sie jetzt eine aufopfernde Ehefrau, sagte er sich.

Im Augenblick kam es aber darauf an, ob Candella etwas sagen würde, weil er fünfzehn Minuten zu spät kam. In der letzten Zeit war Candella recht schwierig geworden. Man konnte es ihm nicht übelnehmen; da der große Herbst-Galatag bevorstand, war er verständlicherweise nervös.

Man konnte es Candella nicht übelnehmen. Auch nicht Virginia oder Arnie, wenn seine Versprechungen unerfüllt blieben, oder Alexandra, wenn sie ein bißchen empfindlich war, wie alle Zehnjährigen.

Natürlich konnte man keinem irgend etwas übelnehmen. Nicht, wenn man Norvell Bligh war.

Zum Glück achtete Candella nicht darauf, wann er von der Mittagspause zurückkam, aber mitten am Nachmittag trat seine Sekretärin besorgt an Norvies Schreibtisch und sagte: »Mr. Candella möchte Ihr Galatag-Programm mit Ihnen besprechen.«

Er ging mit einem unguten Gefühl hinein, das sich als gerechtfertigt erwies.

Candella knallte die Unterlagen auf den Schreibtisch und schrie: »Bligh, vielleicht halten Sie einen Galatag für ein Pfadfindertreffen, wo die Kleinen mit Pfeil und Bogen schießen und rund um den Tennisplatz rennen. Ist es so? Vielleicht halten Sie ihn auch für ein Teestündchen der Frauenhilfe. Vielleicht wissen Sie überhaupt nicht, was ein Galatag sein soll. Wie?«

Norvie schluckte.

»Nein, Sir«, flüsterte er.

»›Nein, Sir‹«, äffte ihn Candella nach. »›Nein, Sir‹. Also, wenn Sie wissen, was ein Galatag ist, warum zeigt sich das dann nicht? Warum enthält das ganze blutige Skript nicht eine einzige gute, aufregende Idee? Den Ausdruck ›blutig‹ nehme ich zurück, Bligh. Das muß man Ihnen lassen, keiner könnte behaupten, daß das Skript blutig ist. Man könnte sich vielleicht in der anderen Richtung beklagen, aber die Rüge, es gebe zuviel Blut, kommt garantiert nicht.« Er deutete mit dem behaarten Zeigefinger auf das Programm. »Hören Sie sich das an. ›Eröffnungs-Aufzug: Jeepkolonne beim Spießrutenlauf zwischen Speerwerfern. Erstes Schauspiel. Fünfzig Ringerinnen gegen fünfzig Boxer. Erstes Duett: Sechzigjährige Männer mit Lötlampen.‹ Was soll das? Das sollte das große Ereignis des Jahres sein, Bligh, wußten Sie das? Keine Freitagabend-Vorstellung außerhalb der Saison. Auf den Galatag kommt es an. Er muß etwas Besonderes sein.«

Norvie Bligh wand sich.

»O je, Mr. Candella, ich – ich dachte, das wär' es. Es ist ein klassisches Motiv, wissen Sie. Es ist wie –«

»Ich weiß, wie es ist«, brüllte Candella. »Ich produziere diese Vorstellungen seit fünfzehn Jahren. Ich brauche keinen, der mir sagt, ob ein Skript geht oder nicht. Und ich sage Ihnen, das hier geht nicht.« Er drückte auf einen Knopf an seiner Konsole. Norvie spürte, wie sein Sitz unter ihm schwankte, und sprang hastig auf, als er in der Wand verschwand. »Am Montag müssen wir mit der Besetzung anfangen. Mal sehen, ob wir bis morgen abend etwas finden, was über das Niveau eines Kameradschaftsabends hinausgeht.« Candella hob nicht einmal den Kopf, als Norvie hinausschlüpfte.

So ging es den ganzen Nachmittag.

Norvie diktierte und löschte fünf Bänder. Er schickte seine drei Assistenten auf drei verschiedene Ermittlungsgänge, damit sie die beste Darbietung aus den Galatagen mit der besten Bewertung in allen größeren Städten heraussuchten. Nichts, was sie mitbrachten, war von Nutzen. Als Miss Dali hereinkam, um das Diktat abzuholen, und er sich damit abfinden mußte, daß es kein Diktat gab, brummte er: »Was erwarten sie eigentlich in dem muffigen Turnsaal, den sie hier Stadion nennen? Sehen Sie sich mal Pittsburgh an – wir sind doppelt so groß, und die haben Halbketten-Panzerwagen.«

»Ja, Sir«, sagte Miss Dali. »Mr. Stimmens möchte Sie sprechen.«

»Na schön«, sagte er mürrisch und wählte für seinen Anfangs-Texter einen Stuhl.

»Entschuldigen Sie, Chef«, sagte Stimmens zögernd. »Kann ich Sie einen Augenblick sprechen?«

»Sie sprechen mich schon.« Dieses Bonmot hatte Norvie in der Vorwoche von Candella aufgeschnappt.

Stimmens zögerte und sagte dann viel zu schnell: »Sie haben hier eine großartige Organisation, Chef, und ich bin stolz, dazuzugehören. Aber ich habe ein bißchen Schwierigkeiten – Sie wissen ja, man will vorankommen, ha-ha –, und ich frage mich, ob es nicht besser für Sie wäre, Chef, und auch für mich.« Er erzählte eine langweilige Geschichte vom Irrtum eines Einstufungs-Angestellten, als er die Schule beendet hatte, einer freien Stelle in ›Konsumenten-Arbeit‹ und einem Mädchen, das ihn nicht heiraten wollte, bis er Stufe Fünfzehn erreicht habe.

Lange bevor Stimmens zur Sache kam, wußte Norvie schon, was er wollte, und er wußte auch, wie die Antwort lauten mußte, aber seine von Candella geschlagenen Wunden waren noch ganz frisch, und er ließ Stimmens bis zum Ende weiterreden. Dann sagte er knapp: »Stimmens, wenn ich mich nicht irre, haben Sie bei Ihrem Eintritt den üblichen Vertrag unterschrieben. Er ist –«

»Hm, ja, Sir, aber –«

»Er ist, sage ich, mit der üblichen Stornoklausel ausgestattet. Ich glaube, Sie kennen die Politik des Unternehmens im Hinblick auf den Verkauf von Verträgen. Wir können uns einen Verkauf einfach nicht leisten, wenn der Preis nicht hoch genug ist, um uns für die Ausbildungszeit des Beschäftigten zu entschädigen – und in Ihrem Fall ist das, was ich hinzufügen möchte, die gesamte Zeit, die Sie bei uns verbracht haben, weil Sie Ihre Aufgabe ganz eindeutig nicht beherrschen. Es wundert mich, daß Sie mit einer solchen Bitte zu mir kommen.«

Stimmens sah ihn an.

»Sie lassen mich nicht gehen?«

»Ich kann Sie nicht gehen lassen. Ihnen steht es frei, Ihren Vertrag zu stornieren.«

Stimmens lachte kurz auf.

»Stornieren! Und nach Belly Rave zurückgehen? Mr. Bligh, sind Sie schon einmal in Belly Rave gewesen?« Er schüttelte den Kopf wie jemand, der einen Alptraum verscheuchen möchte. »Entschuldigung, es tut mir leid, Mr. Bligh«, sagte er. »Haben Sie sonst noch etwas für mich zu tun?«

Norvie schaute unschlüssig auf die Uhr.

»Morgen«, knurrte er. Als Stimmens davonschlich, jagte Norvie, der sich schon schämte, den Stuhl verärgert in die Wand zurück.

Es war fast Dienstschluß.

Er telefonierte.

»Mr. Arnold Dworcas, bitte. Arnie? Hallo, wie geht es? Fein. Sagen Sie, ich war heute bei dem Anwalt von Ihrem Bruder. Scheint alles in Ordnung zu gehen. Mhm. Vielen Dank, Arnie. Heute abend? Sicher, ich habe schon gehofft, daß Sie mich auffordern. In Ordnung, wenn ich vorher heimfahre? Ginny wird etwas über den Anwalt hören wollen. Also gegen acht Uhr. Bis dann –«

*

Arnie Dworcas hatte die Angewohnheit, ein Thema endlos zu zerkauen und es in Wortklümpchen ohne Geschmack wieder von sich zu geben. In der letzten Zeit beschäftigte ihn die, wie er das nannte, Undankbarkeit der Nutznießer der Wissenschaft. Bei ihren häufigen Zusammenkünften pflegte er Norvie anzufahren: »Nicht, daß das für Uns Ingenieure eine Rolle spielt. Glauben Sie nicht, daß ich das persönlich nehme, nur weil ich zufällig für Glück und Bequemlichkeit aller Leute in der Stadt unentbehrlich bin. Nein, Norvie, Wir Ingenieure rechnen nicht mit Dank. Wir Ingenieure arbeiten, weil eine Aufgabe zu erfüllen ist, und weil wir dafür ausgebildet sind. Das ändert aber nichts an der Tatsache, daß die Leute ganz undankbare Geschöpfe sind.«

An dieser Stelle pflegte Norvie ihm recht zu geben und auf die ersten Kuppelstädte zu verweisen, von denen die Leute begeistert gewesen seien.

»Richtig. Das zeigt, wie diese undankbaren Wesen reagieren. Sie würden schnell umschalten, wenn Wir Ingenieure nicht an der Arbeit wären. Aber Sie sind Künstler, Norvie. Sie haben dafür kein Verständnis.« Und er pflegte düster sein Bier zu trinken.

Auf dem Weg zu seinem besten Freund sagte sich Norvie, daß er eigentlich selbst Techniker war. Er hatte eine wichtige Stellung: Produktionsassistent für Galatage im Monmouth-Stadion. Gewiß, dem Titel nach stand Arnie hoch über ihm. Arnie war aufsichtführender Ingenieur für Kreisel- und Kolbenpumpenanlagen und -wartung in Monmouth-G.M.L.-City ...

Dabei berief sich Arnie nie auf seinen Rang. Es war schön, jemanden wie Arnie zu kennen.

Norvie lächelte innerlich bei dem Gedanken an Arnie, bis zu dem Augenblick, als er an der Tür seines Kuppelhauses ankam, die Kamera ihn erkannte und die Tür öffnete, und er zu Frau und Kind hineinging.

3

Charles Mundin betrat das Republikaner-Haus durch den Hintereingang.

Er fand Del Dworcas auf dem Rang – das Haus war ein altes, umgebautes Filmtheater – wo er den Kameramännern sagte, wie sie ihre Kameras aufzustellen, den Tontechnikern, wie sie ihre Parabolmikrofone aufzubauen, und den Elektrikern, wie sie ihre Scheinwerfer zu bedienen hatten.

Mundin stand abseits und hoffte schwach, daß einer der Kameramänner mit einem Stativbein Dworcas ein paar Schneidezähne ausschlagen möge, aber sie verhielten sich vorbildlich. Er seufzte und klopfte dem Vorsitzenden auf die Schulter.

Dworcas begrüßte ihn überschwenglich und bat ihn, im Büro auf ihn zu warten – er müsse mit den Fernsehleuten klarkommen, aber es dauere nur noch ein paar Minuten.

»War dieser Bligh bei Ihnen? Ja? Gut. Nehmen Sie ihn aus, Charlie; Sie müssen verdienen. Ein Freund von meinem kleinen Bruder. Gehen Sie ins Büro, ja? Da sind ein paar Leute, mit denen Sie sich unterhalten können«, fügte er hinzu.

Mundin seufzte wieder – aber so war Del Dworcas eben. Als er die Treppe hinuntergestiegen war, schrie er erstaunt: »Menschenskind! Prinz Wilhelm der Vierte!«

William Choate IV fuhr herum und machte ein verwirrtes Gesicht, dann streckte er Mundin die Hand hin. Er war ein dicklicher kleiner Mann in Mundins Alter, ein Studienkollege, Erbe einer mächtigen Gesellschafts-Kanzlei, immer makellos angezogen, ehemaliger Freund, solider Bürger – ein widerlicher Bursche.

»Ah, hallo, Charles«, sagte er unsicher. »Freut mich.«

»Ebenfalls. Was machst du denn hier?«

Choate strengte sich mächtig an und zuckte die Achseln.

»Ach«, sagte er, »du weißt schon.«

»Soll heißen, daß sogar ein Anwalt für Firmenrecht ab und zu Politisches zu erledigen hat?« half ihm Mundin aus.

»Stimmt!« Choate war erfreut; genau wie früher. Mundin hatte ihm immer ausgeholfen, auch bei den Examen.

Mundin betrachtete seinen früheren Schützling mit Gefühlen, die nur entfernt mit Neid zu tun hatten.

»Ein Vergnügen, dich wiederzusehen, Willie«, sagte er. »Gibt man dir genug zu tun?«

»Zu tun? Mensch! Du hast keine Ahnung, Charles.« Eine unglückliche Bemerkung, dachte Mundin. »Du kennst doch die IG-Farben-Organisation?«

»Dem Namen nach«, sagte Mundin bitter. »Ich bin zur Zeit im Strafrecht tätig. Übrigens hatte ich heute einen interessanten Fall –«

»Ja«, sagte Choate. »Nun, man könnte sagen, ich habe mir meine Sporen verdient. Der Alte hat mich zum Rechtsberater des Schutzkomitees für Vorzugsaktienbesitzer Gruppe E gemacht. Der alte Haskell ist in den Sielen gestorben, weißt du. Stell dir das vor – vierzig Jahre Rechtsberater des Schutzkomitees! Und eine Anhörung vor dem Vermögensverwalter steht bevor. Nun, wie gesagt, ich habe mir meine Sporen verdient. Ich habe heute früh vor dem Verwalter plädiert und einen vierjährigen Aufschub erwirkt!«

»Hm«, sagte Charles Mundin. »Um einen sprichwörtlichen Ausdruck zu gebrauchen, du hast dir deine Sporen verdient, was?«

»Ich dachte mir, daß du das so siehst«, sagte Choate strahlend. »Ich habe dem alten Rodeheaver schlicht klargemacht, daß eine sofortige Vollstreckung der Zwangsverwaltung für das Komitee eine schwere Belastung wäre, und ich habe Aufschub beantragt, damit wir unsere Anträge für die Treuhandverwaltung vorbereiten können. Der alte Rodeheaver überlegte und entschied, daß es im öffentlichen Interesse liege, einen Aufschub zu gewähren. Und er hat mich zu meinen Ausführungen beglückwünscht, Charles! Er sagte, er habe nie einen besseren Vortrag gehört!«

»Prächtig«, sagte Charles. Es war unmöglich, diesem Trottel gram zu sein. Ein schwacher Funke beruflichen Interesses veranlaßte ihn zu der Frage: »Wie hast du die Unzumutbarkeit bewiesen?«

Choate winkte fröhlich.

»Ach, das war einfach. Wir haben da einen klugen Burschen in der Kanzlei, irgendeinen Vetter von mir, nehme ich an. Er macht alle Schriftsätze. Ein richtiger Spezialist, kein großer Überblick, verstehst du, aber auf seinem Gebiet sehr tüchtig. Er könnte beweisen, daß Green & Charlesworth in der Gosse verhungern, wenn man ihm den Auftrag geben würde. Das war natürlich ein Witz«, fügte er hastig hinzu.

Armer Willie, dachte Mundin. Zu dumm für Harvard, zu dumm für Columbia, obwohl er so reich war, daß er beide Universitäten kaufen konnte. So war er in der John Marshall gelandet, einer

Schule für arme Leute, die ihn acht Jahre lang mit Pauken und Wiederholen mitgeschleppt hatte, bis die pure Erosion des Memorierens Furchen in sein Gehirn gegraben hatte, mit denen er die Examina bestand. Mundin hatte die meisten seiner Arbeiten geschrieben, und nichts als Gutherzigkeit und sanfte Schafsblicke hatten Willie durch die mündliche Prüfung gebracht.

Und der arme, dumme Willie strahlte.

»Weißt du, was der kleine Auftrag wert ist? Die Kanzlei liquidiert zweihundertfünfundzwanzigtausend Dollar, Charles! Und als offizieller Rechtsvertreter bekomme ich die Hälfte!«

Das gab den Ausschlag. Mundin befeuchtete seine Lippen.

»Willie«, sagte er heiser, »Willie –«

Er brach sofort ab. Innerlich spielte er sich vor, wie das Gespräch laufen würde – das demütigende Betteln: Willie, du schuldest mir etwas, gib mir eine Stellung, ich kann auch ein kluger Bursche sein, wie nur irgendein Vetter. Und das peinlich verlegene: Mensch, Charles, versteh doch, der Alte würde das nie begreifen, was würdest denn du an meiner Stelle tun?

Hoffnungslos, Mundin kannte die Antwort. An Willies Stelle würde auch er die lukrative Praxis des Firmenrechts fest im Griff der Familie Choate behalten. Er würde auf seiner Kanzlei hocken, eine gespannte Flinte in der Hand. Und wenn jemand versuchen sollte, sie ihm wegzunehmen, würde er beide Läufe abfeuern und dann mit dem Kolben zuschlagen, bis der andere sich nicht mehr rührte ...

»Ja, Charles?« Willie war geduldig und erwartungsvoll.

»Nichts«, sagte Mundin dumpf. »Du sagtest, daß noch mehr zu tun ist?«

»Noch mehr?« Willie strahlte. »Mensch, mit ein bißchen Glück reiche ich das Schutzkomitee für Vorzugsaktienbesitzer Gruppe E an William Choate den Fünften weiter! Die Umgestaltung ist erst seit dreiundvierzig Jahren im Gange. Bald werden viele Auftraggeber tot sein, und wir haben Treuhand- und Erbschaftsverwaltungen. Unterausschüsse! Unterausschüsse! Ich sage dir, Charles, es ist großartig, an der Front des Rechts zu stehen!«

»Danke, Willie«, sagte Mundin sanft. »Mußt du jetzt gehen?«

»Muß ich?« sagte Willie. »Oh. Ja, ich muß wohl. Es war schön, daß wir uns gesehen haben, Charles. Mach's gut.«

Mundin starrte machtlos auf seinen dicken Rücken. Dann drehte er sich müde um und ging zu Dworcas' Büro, mit geringem Optimismus. Aber es war das einzige, was ihm übrigblieb, vom Selbstmord abgesehen. Und so weit war er noch nicht.

Dworcas war noch immer nicht gekommen. Das Büro hinter der geschlossenen Kasse war winzig und vollgestopft mit Broschüren. Hier warteten ein junger Mann und eine junge Frau, offensichtlich Geschwister. Große Schwester, kleiner Bruder; sie waren etwa achtundzwanzig und zweiundzwanzig Jahre alt.

Das Mädchen erhob sich hinter einem der alten Schreibtische. Anflüge von einem Mannweib. Kein Lippenstift, kurzgeschorenes Haar; grüne, lange Hose; weites, kariertes Hemd. Sie zerquetschte ihm beinahe die Hand.

»Ich bin Norma Lavin«, sagte sie. »Mr. Mundin?«

»Ja.« Mannweib. Warum hängte ihm der gute, alte Del diesen kauzigen Typ auf?

»Das ist mein Bruder Don.«

»Freut mich.« Don Lavin hatte etwas Seltsames und etwas Vertrautes an sich. Seine Augen zogen die Aufmerksamkeit auf sich. Mundin hatte oft von ›glänzenden Augen‹ gelesen und es als eines von den Dingen hingenommen, die nichts bedeuteten. Jetzt stellte er betroffen fest, daß er in zwei glänzende Augen blickte.

»Bitte, setzen Sie sich«, sagte er zu ihnen und räumte einen Stuhl für sich ab. Es war wohl Lavins Angewohnheit, nur selten zu blinzeln. Seine Augen wirkten dadurch wie lackiert und verliehen ihm einen starren, fanatischen Ausdruck.

»Mr. Dworcas sagte uns, Sie seien Anwalt«, erklärte das Mädchen, »und ein wertvoller politischer Mitarbeiter, Mr. Mundin.«

»Ja«, antwortete er. Er gab ihr automatisch eine der Visitenkarten aus seiner Brusttasche. Don Lavin sah beinahe so aus, als sei er umgepolt worden. Wie ein Schriftführer bei Gericht oder einer der Teilnehmer an einem Galatag – oder, vermutete er, wie ein Verbrecher nach der Zwangsbehandlung, die auf die dritte Verurteilung folgte.

»Ja«, sagte er. »Ich bin Anwalt. Das andere möchte ich nicht beschwören.«

»Hm«, sagte sie. »Etwas Besseres können wir uns nicht leisten. Wir haben in Washington nichts erreicht, nichts in Chikago, nichts in New York. Wir versuchen es hier bei den örtlichen Gerichten. Dworcas hat uns an Sie verwiesen. Na ja, irgendwo müssen wir ja anfangen.«

»Irgendwo«, bestätigte ihr Bruder verträumt.

»Hören Sie, Miss Lavin«, begann Mundin.

»Nur Lavin.«

»Okay. Lavin oder Lesbe oder wie ich Sie sonst nennen soll. Würden Sie mir verraten, was Sie wollen, wenn Sie mit Ihren Beleidigungen fertig sind.«

Del Dworcas steckte den Kopf zur Tür herein.

»Kommt ihr gut miteinander aus? Fein!« Er verschwand wieder.

»Wir wollen Sie als Anwalt für ein Aktionärskomitee beauftragen. In Sachen G.M.L.-Bauten.«

G.M.L.-Bauten, dachte Mundin gereizt. Das ist doch albern. G.M.L. – na, das sind doch die Kuppelhäuser. Nicht die Häuser allein, versteht sich – auch die Kuppelstädte; Grund und Boden fast in Kontinentgröße; die privaten Straßen, die Fließbänder, die Reaktoren . . .

»Unsinn.« Es war wirklich nicht witzig.

Der Junge mit den glänzenden Augen sagte abrupt: »Das ›L‹ steht für Lavin. Wußten Sie das?«

Von irgendwoher bekam Mundin einen Tritt in den Magen. Er ächzte. Angenommen – nur einmal angenommen –, das ist vielleicht doch kein Witz, dachte er. Lächerlich, gewiß, aber nimm bloß einmal an . . .

G.M.L.-Bauten.

So etwas passierte Charles Mundin nicht. Um ein für allemal Schluß zu machen, sagte er rundheraus: »Ich bin für Firmenrecht nicht zugelassen, wissen Sie. Versuchen Sie es bei William Choate IV; er war –«

»Das haben wir eben versucht. Er hat abgelehnt.«

Die bringen das wirklich ganz echt hin, dachte Mundin bewundernd. Natürlich konnte das nicht möglich sein. Irgendwo in den Regeln stand unauslöschlich geschrieben: Charles Mundin bekommt nie einen großen Fall. Deshalb würde auch das hier sich sogleich in Luft auflösen.

»Also?« herrschte ihn das Mädchen an.

»Ich sagte schon, ich bin für Firmenrecht nicht zugelassen.«

»Das macht nichts«, entgegnete sie verächtlich. »Dachten Sie, das wüßten wir nicht? Wir haben einen alten Knaben, der seine Lizenz noch hat. Er kann nicht arbeiten, aber wir können seinen Namen benützen.«

Hm.

»Ist natürlich interessant –« begann Mundin dumpf.

»Natürlich, Mundin, natürlich«, unterbrach sie ihn. »Heben Sie den Hintern endlich oder nicht? Ja oder nein. Heraus damit.«

Dworcas steckte wieder den Kopf herein.

»Mundin, es tut mir schrecklich leid, aber ich brauche kurz mein Büro. Warum gehen Sie und Ihre Freunde nicht auf eine Tasse Kaffee zu ›Hussein‹ hinüber?«

Bei ›Hussein‹ gegenüber war es ziemlich voll, aber sie fanden einen niedrigen Tisch im Mittelgang.

Die Veteranen starrten mit stumpfer, beleidigender Neugier auf das seltsame Gesicht von Don Lavin. Die Jungen in supermodischen Hüten mit fünfzehn Zentimeter breiten Krempen blickten einmal hin und sofort wieder weg. Einen Mann, der offensichtlich umgepolt worden war, starrte man nicht an, so wenig wie man früher die gestutzten Ohren eines verurteilten Räubers angestarrt oder einen Eunuchen gefragt hatte, wie es denn so sei.

Norma Lavin erntete keinen Blick. Jung und alt, die Gäste schauten einfach durch sie hindurch.

Hussein kam selbst an den Tisch.

»Immer eine Freude, Mr. Mhmrm«, sagte er strahlend. »Was hätten Sie gern?«

»Kaffee, bitte«, sagte Mundin. Don Lavin schüttelte geistesabwesend den Kopf. Norma sagte nichts.

»*Majun* für die Dame?« fragte Hussein ruhig. »Frisch aus Mexiko diese Woche. Sehr stark. Pfefferminz, Himbeere, Traube?«

Norma Lavin sagte eisig: »Nein.« Hussein entfernte sich strahlend. Er hatte eine komplizierte dreifache Beleidigung angebracht – indem er sie eine Dame genannt, ihr ein Rauschgift und noch dazu eines angeboten hatte, das islamische Damen bevorzugten, denen der Trost der Liebe durch Häßlichkeit oder Alter versagt blieb.

Mundin tarnte seine Nervosität durch einen Blick auf die Uhr.

»Wir haben ungefähr zehn Minuten«, sagte er. »Wenn Sie mir kurz darlegen könnten, woran Sie denken –«

Jemand, der durch den Mittelgang kam, stolperte über Don Lavins Fuß.

»Verzeihung«, sagte Lavin verträumt.

»Wie kommen Sie dazu, mir ein Bein zu stellen?« fragte eine gelangweilte Stimme. Es war ein Polizist – ein breitschultriger Mann mit intelligentem, humorvollem Gesicht.

»Es war ein Versehen, Wachtmeister«, sagte Mundin.

»Ich habe mit diesem Herrn gesprochen, glaube ich«, sagte der Polizist. Er fragte Don Lavin noch einmal: »Ich sagte, wie kommen Sie dazu, mir ein Bein zu stellen? Polizistenhasser, was?«

»Es tut mir wirklich leid«, sagte Lavin. »Bitte, verzeihen Sie mir.«

»Wird er nicht tun«, sagte Norma Lavin leise zu Mundin.

»Wachtmeister«, sagte Mundin scharf, »es war ein Versehen. Ich bin Charles Mundin. Ehemaliger Ratskandidat im 27. Bezirk, Republikaner Regulär. Ich stehe für diesen Herrn gut.«

»Ja, Euer Ehren«, erwiderte der Polizist abwesend und salutierte. Er wandte sich Lavin zu. »Vielleicht zeigen wir mal unsere Ausweise, Polizistenhasser.«

Lavin zog seine Brieftasche heraus und schüttete Karten auf den Tisch. Der Polizist betrachtete sie und murmelte: »Schrecklich. Schrecklich. Auf der Sozialversicherungskarte steht Donald W. Lavin, aber nach dem Wehrpaß sind Sie Don Lavin, ohne mittleren Anfangsbuchstaben. Und gemustert sind Sie bei einem Wehrkreisamt in Omaha, aber die Wohnparkerlaubnis ist auf Coshocton, Ohio, ausgestellt. Sagen Sie, haben Sie Omaha jemals mitgeteilt, daß Sie in Coshocton wohnhaft sind?«

»Natürlich hat er«, sagte Mundin schnell.

»Es tut mir außerordentlich leid, Wachtmeister«, sagte Don Lavin verträumt. »Nein. Ich bin in Omaha erfaßt worden, weil ich an meinem achtzehnten Geburtstag zufällig durchkam. Ich habe vergessen, mich umzumelden.«

Der Polizist sammelte die Karten ein und sagte: »Kommen Sie mit, Lavin. Ihre Verbrecherlaufbahn ist weit genug gediehen. Nur gut, daß ich über Sie gestolpert bin.«

»Wachtmeister«, sagte Mundin, »ich notiere mir Ihre Dienstnummer. Ich werde meinem guten Freund Del Dworcas von diesem Unfug berichten. Kurz darauf werden Sie Fußstreifendienst in Belly Rave machen – von zwei bis zehn Uhr. Es sei denn, Sie entschuldigen sich und verschwinden umgehend.«

Der Beamte grinste und zuckte die Achseln.

»Was kann ich tun?« fragte er hilflos. »Wenn ich sehe, daß gegen das Gesetz verstoßen wird, kocht mir gleich das Blut. Na los, Supermann.«

Lavin lächelte seine Schwester schwach an, die mit zusammengezogenen Brauen finster dreinblickte, und ging mit.

Mundins Stimme bebte vor Zorn.

»Keine Sorge«, sagte er. »Gleich nach dem Gespräch hole ich ihn heraus. Und der Beamte wird sich noch wünschen, nie geboren zu sein.«

»Lassen Sie. Ich hole ihn heraus«, sagte sie. »Fünfmal in drei Wochen. Ich bin es gewöhnt.«

»Was ist denn eigentlich los?« platzte Mundin heraus.

Hussein brachte Kaffee in kleinen Tassen.

»Netter Kerl, Jimmy Lyons«, meinte er gesprächig. »Für einen Bullen, jedenfalls.«

»Wer ist er?« fauchte Mundin.

»Ein Mann vom Reviercaptain. Sehr gut, wenn man ihn kennt. Trägt nur eine Wachtmeisteruniform, aber wenn man mit Jimmy Lyons redet, hat man das Ohr vom Reviercaptain. Wenn Sie Schutzgeld bezahlen, und zwei Tage später kommt ein anderer Polizist und will kassieren, sagt man es Jimmy Lyons. Der Polizist wird nach Belly Rave versetzt. Vielleicht noch schlimmer. Wissen Sie, bevor ich nach Amerika kam, hat mir jeder erzählt, wie groß der Unterschied zum Irak ist. Aber wenn man erst einmal hier ist – nicht so groß, der Unterschied.«

Norma Lavin stand auf und sagte: »Ich hole meinen Bruder heraus, bevor sie ihn wieder von einem Revier zum anderen bringen.« Ihre Stimme klang bleiern. »Damit ist unser Gespräch wohl beendet, Mundin. Wenn Sie aber immer noch überlegen wollen, ob Sie den Fall übernehmen, hier ist die Adresse. Leider gibt es kein Telefon.« Sie zögerte. »Hoffentlich werden Sie –« Es war beinahe ein Hilfeschrei. Sie verstummte, warf eine Münze und eine Karte auf den Tisch und verließ das Café. Die Ah-raber starrten eisig durch sie hindurch.

Es gelang Mundin, Dworcas einen Augenblick zu sprechen.

»Del«, sagte er, »was ist los mit den Lavins? Was wissen Sie über sie?«

»Nicht viel, Charlie. Sie wollten einen Anwalt haben. Wir haben zusammengearbeitet, und ich dachte an Sie.«

»Gleich, nachdem Sie an Willie Choate gedacht hatten?«

»Was denn, Charlie«, sagte Dworcas geduldig. »Choate rührt so etwas nicht an, das wußte ich. Aber sie wollten mit einem Prominenten reden.«

»Klar.« Mundin zögerte. »Del, noch etwas. Ein Polizist namens Jimmy Lyons nahm den Jungen bei Hussein fest, ohne ersichtlichen Grund. Der – der Junge ist umgepolt, glaube ich.«

»Hm. Jimmy Lyons? Er gehört zum Captain. Ich rufe an.« Dworcas rief an, während Mundin über die Komplikationen des Lebens an der Front des Rechts nachdachte. Auf der Uni hatte es kein Seminar für den Umgang mit Lokalpolitikern gegeben, aber es wäre nötig gewesen, bitter nötig. Lassen Sie sich in dem Jahr aufstellen, wo wir nicht gewinnen, und Sie kommen auf die Wahlbeobachterliste. Helfen Sie uns beim Redenschreiben, und wenn uns ein Fall bekannt wird, denken wir an Sie . . . Dworcas lächelte.

»Die Schwester hat ihn gegen Kaution herausgeholt. Sie wollten ihn nur abkühlen – der Junge hat Lyons offenbar die Schnauze angehängt, und Lyons wurde wütend. Na ja, Polizisten sind auch Menschen.«

»Del, der Junge hat gar nichts getan. Lyons suchte Streit.«

»Sicher, Charlie, sicher.« Dels Augen begannen umherzuirren. Mundin gab es auf.

Er zog die Karte des Mädchens aus der Tasche und drehte sie um. G.M.L.-Bauten, dachte er. Kanzlei für Firmenrecht. Ein gewiefter, harter Bulle, der Streit suchte. Es ist nicht allgemein bekannt, daß das ›L‹ für Lavin steht.

Und ein Hilfeschrei.

Auf der Karte stand ›Norma Lavin‹, mit einer Adresse in Coshocton, Ohio, und einer Rufnummer. Das war durchgestrichen, und darunter stand ›37598 Willowdale Crescent‹.

Eine Adresse in Belly Rave!

Mundin schüttelte langsam und betroffen den Kopf.

4

Für Norvie Bligh war es ein beschwerlicher Abend gewesen. Virginia und die Kleine hatten sich völlig normal verhalten – mürrisch. Seine Mitteilung über den Anwalt und die Adoptionsaussichten hatte die natürliche Antwort gefunden: »Du hast vergessen, nach dem Erbrecht zu fragen. Laß das nur Norvie machen! Der würde seine Sozialversicherungsnummer vergessen, wenn sie ihm nicht eintätowiert wäre!«

Vor dem Ende des Abendessens war er aufgestanden und gegangen.

Als er Arnies Tür erreichte, war er fast außer Atem.

Und Arnie war von großer Herzlichkeit. Endlich begann Norvell aufzuatmen.

Er bemerkte sofort, daß Arnie seinen, Norvells, Problemen auf den Grund gehen wollte.

»Für den Galatag wird wohl schon alles auf Hochtouren laufen«, sagte er nach dem ersten Bier.

»Sicher, ich hab' ein paar tolle Dinge vorbereitet«, erwiderte Norvell bescheiden. »Candella hat noch nicht endgültig zugestimmt, aber es wird ein einmaliges Programm. Ich –«

»Wissen Sie, was interessant wäre, Norvell? Wir haben heute darüber gesprochen. Ein paar von Uns müßten mal hingehen, um sich das vom Ingenieurstandpunkt aus anzusehen. Ich würde selbst gern kommen – wenn ich weg kann, versteht sich; wir sind ja immer im Druck. Ich lade vielleicht ein paar Kollegen ein.«

»Wirklich?« rief Norvell. »Das wäre prima. Viel Technik bei einem Galatag. Wie vor ein paar Jahren –«

»Entschuldigen Sie«, sagte Arnie. »Bier. Bin gleich wieder da.«

Norvell war beinahe heiter. Arnie interessierte sich für seine Arbeit; es gab nicht viele solche Freunde. Norvell dachte über seine tiefe Depression nach. Na ja, so schlimm war es nun auch wieder nicht. Ginny war ein Miststück, sagte er sich. Na gut. Viele Männer lebten mit solchen Frauen und kamen zurecht. Und die Kleine? Kinder spiegeln ihre Umwelt wider. Was Candella anging – er dachte nur kurz an Candella und zog sich dann auf festeren Boden zurück. Wenn er heimkäme, würde er sich mit Virginia und Alexandra versöhnen. Er hatte schon beinahe beschlossen, schwarzen Kaffee zu trinken und heimzugehen, als Dworcas zurückkam.

»Na, Leidenschafts-Ingenieur?« sagte Arnie. »Sollen sich ein paar lebende Rechenschieber die Schau mal ansehen?«

»Was? Na klar, Arnie. Ich will nur diesen Galatag aus dem Weg haben. Wir geben eine richtige Party – eine Freitagabend-Schau. Unter dem Stadion sieht es verdammt kompliziert aus, Sie wären erstaunt –«

»Ich weiß nicht«, sagte Dworcas, »ob die Kollegen sich für eine zweitklassige Vorstellung interessieren. Vielleicht sollten wir es lassen.«

»Nein, nein«, sagte Norvell ernsthaft. »Die normalen Vorstellungen sind technisch gesehen genauso interessant. Vorige Woche, zum Beispiel. Wir hatten Stacheldraht und Kastrationsminen, und eine halbe Stunde vor der Vorstellung gab es nicht genug Teilnehmer. Candella – das heißt, wir riefen bei der Polizei an, und sie schickte eine Abteilung nach Belly Rave. Binnen einer Viertelstunde hatten wir fünfundzwanzig Freiwillige. Sie bekamen ihre B_1-Spritzen, und Sie hätten die Leute sehen sollen, als sie nüchtern wurden. Wir –«

Arnie schüttelte den Kopf.

»Ich glaube, Sie verstehen nicht ganz. Dafür interessieren Wir Ingenieure uns nicht, nur für die großen Darbietungen.«

»Ach, Sie meinen, wie beim Galatag nächste Woche. Ja, hm, da kriegt man schon Kopfschmerzen, kann ich Ihnen sagen. Bekomme ich noch ein Bier?«

»Sie finden sicher noch Plätze für uns«, sagte Arnie, während er ein Glas Bier wählte. »Achtzigtausend Plätze, ich bitte Sie. Irgendwo muß es doch fünf geben, die einer, der das Ganze leitet, einem Freund zukommen läßt.«

»Sicher«, murmelte Norvell. »Äh – jetzt muß ich mal. Entschuldigen Sie mich, Arnie.«

Als er zurückkam, rotierte das Zimmer nicht mehr so wild, aber die Wärme in seinem Körper war auch nicht mehr so befriedigend.

Er griff nach seinem Glas, trank einen Schluck, stellte es weg und sagte: »Arnie, ich bin in der Klemme.«

Dworcas erstarrte. Nach einer Pause sagte er vorsichtig: »In der Klemme?«

»Ja, in der Klemme. In der schlimmsten Klemme meines Lebens. Ich habe Angst, Arnie. Ich schwöre bei Gott, wenn es nicht Leute gäbe wie Sie – wenn es Sie persönlich nicht gäbe – ich weiß nicht, was ich tun sollte. Arnie, ich glaube, ich verliere den Verstand. Es liegt an allem – an der Arbeit, an der Frau, an dem widerlichen Kind.« Er erzählte Dworcas von seinen Problemen. »Das Schlimmste passierte heute früh, bevor ich zu dem Anwalt ging. Candella – mein Gott, ich hätte ihn umbringen können! Oder mich. Ich machte diesen ekelhaften Stimmens fertig, als Candella hereinkam. Er muß jedes Wort gehört haben, denn als ich mich umdrehte und ihn sah, sagte er: ›Ein ausgezeichneter Rat, Mr. Bligh; ich hoffe,

Sie halten sich selbst daran.‹ Und Stimmens stand da und lachte mich aus. Ich konnte überhaupt nichts tun. Am liebsten wäre ich hingegangen und hätte meinen Vertrag verlangt.«

»Vielleicht hätten Sie das wirklich tun sollen«, sagte Dworcas.

»Was? O nein, Arnie, Sie verstehen das nicht. Das Unternehmen ist auf dem Gebiet rücksichtslos. Es verkauft nicht, wenn es nicht sein Pfund Fleisch bekommt und eine Menge dazu. Vor Jahren wollte einmal ein Abteilungsdirektor aussteigen. Man bewertete seinen Vertrag mit *vierhunderttausend Dollar.* Wahrscheinlich hatte er reiche Verwandte, jedenfalls besorgte er sich irgendwo Geld und versuchte eine andere Firma zu bestechen, damit sie ihn kaufte, aber soviel wollte natürlich niemand auf den Tisch legen. Er hatte eine Familie, konnte seine Stellung und sein Haus nicht einfach so aufgeben, versteht sich. Er brachte sich schließlich um. Entweder das, oder stornieren.«

»Das muß man sich merken, Norvell. Bei jedem Ingenieurproblem gibt es für jeden Vektor stets mindestens zwei Komponenten.«

Norvell kaute an seiner Unterlippe.

»Ah, ich verstehe, was Sie meinen«, sagte er ohne Überzeugung. »Es gibt keinen Ausweg.«

Dworcas schüttelte den Kopf.

»Nein, Norvell, das habe ich gerade erklärt. Es gibt immer zwei Auswege.« Er lehnte sich zurück. »Bei uns gibt es solche Probleme natürlich nicht. Aber ich wüßte, was ich tun müßte.«

»Was denn?«

»Ich möchte mich nicht einmischen –«

Norvell seufzte.

»Ich glaube, Sie haben recht.«

»– ich möchte mich nicht in Ihr Leben einmischen, aber wenn ich zu entscheiden hätte, würde ich stornieren.«

Norvell riß die Augen auf. Schlagartig war er nüchtern.

»Richtig, Norvell. Ich würde stornieren.«

Norvell sah ihn ungläubig an.

»Ich weiß, die Entscheidung fällt schwer, Norvell. Mir würde sie auch nicht leicht fallen, wenn ich nicht mindestens eine halbe Stunde ernsthaft nachgedacht hätte, aber wie sieht die Alternative aus?«

Norvell rutschte unruhig hin und her, stellte sein Glas weg, aber dann ergab er sich seufzend dem schrecklichen Thema.

»Ich glaube nicht, daß ich das tun sollte«, sagte er dumpf.

»Das ist Ihre Entscheidung, Norvell«, meinte Dworcas höflich.

»Ich sehe nicht, wie ich das tun könnte, Arnie. Ich würde das Haus verlieren, Virginia würde einen Skand-«

Arnie zuckte die Achseln und hob die Hand.

»Mag sein. Wer weiß? Für einen Mann ohne Anstellungsvertrag gibt es auf der Welt jedenfalls keine Sicherheit. Sie müßten Ihr Haus verlassen, stimmt, und in einen Vorort ziehen, zumindest vorübergehend. Das Leben dort ist hart. Anstrengende Arbeit, wenig Zerstreuung, die ständige Herausforderung, sich zu beweisen – sich trotz allem durchzusetzen oder am Wegrand liegenzubleiben.« Er sah Norvell prüfend an und winkte ab. »Ich wollte Ihnen nur meine Gedanken darlegen. Sie tun, was Sie für richtig halten. Und jetzt werden Sie wohl nach Hause wollen.«

»Klar«, sagte Norvell. »Übrigens möchte ich mich noch dafür bedanken, daß Sie mir den Anwalt vermittelt haben, Arnie. Ich weiß nicht, was ich sonst –«

»Keine Ursache. Ich mache gern für Sie, was ich kann. Die Eintrittskarten vergessen Sie ja nicht.«

»Eintrittskarten?« sagte Norvell verwirrt.

»Für den Galatag. Keine Durchschnittsplätze, versteht sich. So nah an der Hauptloge wie möglich.«

Norvells Augen öffneten sich weit. Mit dünner Stimme sagte er: »Arnie, Sie haben bei Ihrem Chef damit geprahlt, daß Sie Karten bekommen, obwohl das Stadion seit sechs Wochen ausverkauft ist. Nicht wahr?« Sie starrten einander an, dann senkte Norvell den Blick. »War nur ein Witz«, murmelte er. »Ich werde mich bemühen.«

Auf irgendeine Weise kam er nach Hause. Virginia war noch wach, aber es gab nur eine kleine Auseinandersetzung wegen der Musik hinter Alexandras Tür. Norvell beging den Fehler, zu betonen, daß es nach Mitternacht sei, und eine Zehnjährige eigentlich –

»Eigentlich dies und eigentlich das«, sagte seine Frau rauh. »Mr. Bligh will das so. Klar! Norvie, hast du dir schon einmal überlegt, daß sie eine eigene Persönlichkeit ist? Der Haushalt dreht sich nicht allein um dich, verstehst du – das ist auch unser Zuhause, und –«

Norvell hatte genug.

»Jetzt ist es unser Haus, aber es gehört auch der Firma, und wenn du noch ein Wort sagst, gebe ich es zurück. Dann seid ihr zwei Geschenkpakete aus Belly Rave wieder da, wo ihr hingehört«, schrie er.

Die Worte ›Belly Rave‹ gaben eher den Ausschlag als der Ton. Virginias Gesicht erstarrte. Norvell stakte die Treppe hinunter und füllte ein Glas.

Er saß eine ganze Minute da, dann stellte er es weg. Belly Rave; verdammt, so schlimm war das nun auch wieder nicht. Er schaute sich um.

Ein solcher Unterschied zwischen einem G.M.L.-Kuppelhaus und Belly Rave? Warum nahm man das so schwer? Er beschloß, daß er in Kürze Belly Rave einmal besuchen mußte, nur um sich das einmal anzusehen. Aber worin konnte der Unterschied schon liegen? Ein Haus war ein Haus. Es hatte warme, federnde Böden; es hatte Wände; es hatte nutzbare Einrichtungen. Wenn der Boden nicht warm sein sollte, stellte man auf kühl. Wenn einem Farbe oder Muster der Wände nicht gefielen, stellte man das Wählrad anders ein. Gefiel einem der Grundriß eines Raumes nicht, nahm man eine Wand heraus und setzte sie anderswo ein.

Norvell wählte ein Bett und stellte das Haus auf Vollautomatik. Als er sich ausstreckte, gongte sein Kissen leise, aber er brauchte in dieser Nacht keine einschläfernde Musik; fluchend griff er über den Kopf und stellte sie ab. Im Kupferknoten im Kern des Hauses pulsierten Transistoren; Lichtschranken sperrten die Türen; Mikroschalter stellten Eindringlingen Fallen; Thermoelemente prüften die eindringende Luft und kühlten sie ab. Kollektoren drehten sich um eine versteckte Skala, bis sie die Stellen erreichten, wo ein kreisender Zeiger das Wasser für den Kaffee erhitzen, die Pfanne für die Eier erwärmen, den Frühstückstisch decken würde. Aber inzwischen war Norvell längst eingeschlafen.

5

Dreh dein Teleskop um. Richte das kleinere Ende auf ein Schild, das weder hier noch jetzt ist, sondern weit weg im Raum und viele Jahre zurück.

Das Reklameschild ist bunt und zeigt ein efeubewachsenes kleines Haus; Rauch kräuselt sich aus einem gemauerten Kamin, und an der Tür winkt ein unglaublich langbeiniges Mädchen. Die Riesenbuchstaben verkünden:

›Belle Reve-Siedlung – Schönes Wohnen für Amerikas Helden
Kriegsteilnehmer! Werden Sie Hausbesitzer!
350 Dollar Anzahlung; 40,25 Dollar monatlich
Waschmaschine, Kühlschrank, Panoramafenster‹

Bevor die Farbe auf dem Schild trocken war, standen drei Autos auf dem schlammigen Weg davor, und drei Paare wurden von Belle Reve-Verkäufern durch das Musterhaus geführt. Es war ein eingespieltes Team, das sich gegenseitig nie in die Quere kam.

Nach der Besichtigung traf man sich in der Küche, wo der Kunde den Eindruck gewann, er könne morgen einziehen, wenn er nur unterschrieb und eine kleine Anzahlung leistete. Höchstens einen Tag später würde es ein Schwimmbecken geben, die Kinder konnten ungestört vom Autoverkehr auf dem Rasen spielen, und dem Hausverwalter in der Stadt konnte man endlich seine Meinung sagen. In Belle Reve würde man endlich ein Heim haben, nicht ein Loch in der Wand. Man unterschrieb und bezahlte.

Dann verging Zeit.

Belle Reve wich wie eine Fata Morgana zurück. Die bunten Broschüren kamen nach wie vor, zusammen mit den Kontoauszügen. Unbezahlter Anzahlungsrest. Dazu Grundbuchgebühr. Dazu Bearbeitungsgebühr. Dazu Zinsen. Dazu Anwaltskosten. Dazu Erschließungskosten. Dazu Grundsteuer. Dazu Straßensteuer. Man bezahlte.

Und die Zeit verging.

Das Haus war gebaut, die Stunde gekommen! Die Kinder jammerten: »Das soll es sein?« und begannen zu weinen. Der jeweils Schwächere, Ehefrau oder Ehemann, ließ die Schultern hängen und starrte auf den Morast, das winzige Haus, einer Arche gleich – eine Arche in einer ganzen Flotte von Archen, Reihe für Reihe hintereinander aufgebaut von einer kichernden Gottheit. Der jeweils Stärkere, Ehefrau oder Ehemann, straffte die Schultern und erklärte laut: »Jetzt sieht es vielleicht nicht besonders aus, aber nach ein paar Wochenenden könnt ihr es vom Musterhaus nicht mehr unterscheiden. Und wir arbeiten für uns, nicht mehr für einen Vermieter.«

Und die Zeit verging.

Graswasen kamen auf den Morast. Sie bildeten seltsame Buckel und Senken, wenn es regnete. Muß sich erst setzen, Schatz. Der Boden wurde aufgeschüttet, darüber kam Humus. Man säte Gras, das im Sommer verbrannte und einging. In diesem Jahr können wir nicht bewässern, Schatz, wegen der Wasserkosten. In einem normalen Jahr, ja, aber wir haben zusätzliche Ausgaben, und wenn die erledigt sind... Die Erschließungskosten. Die Straßenbaukosten. Die Schulsteuer. Und mit dem Fundament muß etwas geschehen. Wenn man die kleinen Risse gleich erwischt, hat man nie mehr Probleme. Jedes Haus setzt sich ein bißchen, Schatz.

Und die Zeit verging.

Das Haus ist keine Belastung, sondern ein Guthaben, Schatz. Ist dir klar, daß wir einen Wert in der Hand haben, den wir sofort ausbezahlt bekommen, wenn wir einen Käufer finden? Wirklich prima. Ich weiß, es ist ein bißchen teurer geworden als angenommen, aber schließlich wird alles teurer. Versicherung, Kanalisationsumlage, Straßensteuer, Heizölkosten, Aktionärsumlage – nicht mehr als hundertfünfundzwanzig im Monat. Wenn ich die Gehaltserhöhung bekomme und den Wechsel vom Wagen ablösen kann, reicht es für die Dachreparatur, bevor es im November regnet, und dann können wir uns gleich mit der Ölheizung... Weine nicht, Schatz, bitte. Außerdem. Können. Wir. Nirgends. Anders. Hin.

Und die Zeit verging.

Du mußt mit ihr reden, Liebling. Kommt nach Mitternacht heim, nachdem sie mit weiß-Gott-wem fort war, und mir erklärt sie, zu Hause kann sie nicht feiern, weil wir ihr dauernd auf die Nerven fallen und alles so eng ist, daß man sich kaum umdrehen kann; du mußt mit ihr reden, ich werde noch verrückt, sie könnte ja hineinfallen, die Mütter haben alle Angst, ich weiß, das Haus ist nicht sehr attraktiv, aber kannst du nicht mal wieder malen, auch wenn du nicht mehr so jung bist, sie schämt sich, und sie hat recht, das Haus ist zu klein, die Waschmaschine ist schon wieder kaputt, und ich bin nicht mehr so jung wie früher und kann nicht dauernd Wasser schleppen, wann reparieren wir das Panoramafenster, es sieht schlimm aus mit dem großen Riß, kann es dem jungen Elliston nicht übelnehmen, der arme Kerl kann ja nirgends spielen, wie ein Rattenloch hier, alles zerfällt, nur eben nicht ganz, solange wir flicken und flicken und zahlen und zahlen...

Und die Zeit verging.

Über den Zaun hinweg, der auch geflickt werden müßte: »Ich

hab' davon gehört und die Anzeigen gesehen. Ich lese nicht mehr so viel, wegen der Augen, aber er hat die Zeitung mit heimgebracht und einmal nicht grau und erschöpft ausgesehen. G.M.L.-Bauten, sagte er. Wunderbare G.M.L.-Kuppelhäuser – ganz was Neues. Er sagte, er hätte gewußt, daß das eines Tages kommen muß, ein endgültiger Bruch mit der Tradition, wie es in den Anzeigen steht. Hängt mit Verträgen zusammen. Sie vermieten die Maschinen an die Firmen, glaube ich, oder so, und die Firmen bauen die Häuser für die Leute, die für sie arbeiten. Steuerersparnis oder so. Er war überzeugt davon, daß seine Firma die Maschinen mietet und wir ein G.M.L. bekommen, aber daraus wurde nichts, weil er keinen Vertrag hat und sie nur für die Leute mit Vertrag bauen. Aber er kann ja von Glück sagen, daß er überhaupt eine Stellung hat, so, wie es jetzt steht; der Junge sucht und sucht, aber es scheint nichts zu geben.

Und die Zeit verging.

Langsam, Paps, reg dich nicht gleich auf. Ich murks dich ab, wenn du so weitermachst. Ich eine Stellung? Denk' gar nicht dran. Erzähl mir noch mal was von ›fünfzig Jahren bei der Firma‹, dann scheppert's. Du hast doch den Zuschuß für mich, oder? Wenn du was Gescheites wärst, dann hättest du einen Vertrag und wir wären in einem Kuppelhaus, statt daß ich hier in Belly Rave herumhocken muß. Ich bin in die Stadt und Arbeit suchen? Paß mal auf. Ich setz' mich jetzt zum Frühstück, dann fahr' ich ins Stadion. Prima Vorstellung heute – Rocky Granatino, Rocky Bolderoni, Rocky Schistman und Kid Louis mit Augenbinden und Nagelhandschuhen, nach den normalen Kämpfen. Dann such' ich mir eine, mit der was geht, und wir amüsieren uns in einem leeren Haus. Der alte Wexley hat nach fünfzehn Jahren Abendschule endlich einen Vertrag gekriegt und ist sofort zur G.M.L.-Stadt gewetzt. Ich wette, die Betten sind noch gemacht, praktisch. Irgendwelche Fragen?

Nein; es gab keine Fragen. Und der Junge stolzierte hinaus über die quietschenden Dielen, während das ganze Haus unter seinen Schritten erzitterte. Der Alte sagte: »Fünfzig Jahre bei der Firma«, und er begann zu weinen. Am letzten Freitag war er durch einen kleinen, schwarzen Kasten ersetzt worden, der nie Fehler machte, nie müde wurde, nie Kaffeepause machte. Von jetzt an würde der Unterhaltszuschuß verdreifacht werden; als Haushaltsvorstand hatte er Anspruch darauf. Und das Haus gehörte ihm beinahe ganz. In ein paar Jahren würde es sein Eigentum sein, sobald er die restlichen Umlagekosten bezahlt hatte. Ich verkaufe, plante er verschlagen, vergaß das Weinen. Zum Höchstpreis. Nicht sofort; zu wenig los. Ein paar Häuser in der Straße standen leer, aufgegeben von Besitzern, die Verträge bekommen und Anspruch auf ein G.M.L.-Haus hatten. Merkwürdige Leute zogen hierher, mit denen man wenig gemeinsam hatte. Schlecht für die Kinder. Er war überzeugt davon, daß er beim verlassenen Haus der Samuels' selbstgebrannten Alkohol gerochen hatte. Manchmal fielen Polizeiautos und -hubschrauber in Belly Rave ein und verschwanden vollbeladen – aber das war am Ortsrand; die Nachbarschaft würde sich erholen, sagte sich der Alte streng. Und dann würde er zum Höchstpreis verkaufen.

Und die Zeit verging.

Mehr als ein Jahrhundert.

6

Vier Taxifahrer weigerten sich strikt, Mundin nach Belly Rave zu fahren. Der fünfte war ein verwegener junger Mann.

»Hab' den Job nur angenommen, bis ich eingezogen werd'«, vertraute er Mundin an. »Was kann mir schon passieren? Wenn in Belly Rave was schiefgeht, schlagen sie mich höchstens so zusammen, daß sie mich beim Militär nicht nehmen.« Er lachte. »Aber im Ernst, ich kann mir nicht denken, daß es so schlimm ist, wie sie sagen.«

Mundin widersprach ihm nicht, und sie fuhren los.

Es gab keine größere Stadt, die nicht über ein Gegenstück zu Belly Rave verfügte. Die schwärenden Slums von Long Island waren ein Problem mehr für New York; Boston hatte sein Springfield, Chikago sein Evanston, Los Angeles sein Greenville. Aber nirgends war es schlimmer als in Belly Rave. Mundin sah, daß die zerbeulten Straßenlampen von Belly Rave nicht hell wurden; als sie an den ersten unkrautüberwucherten Gärten und Häusern mit vernagelten Fenstern vorbeifuhren, bemerkte er hinter ihnen selbstgezimmerte Hütten. Gelegentlich kamen sie an einem niedergebrannten Gebiet vorbei, aber nicht oft. Die Grundstücke waren groß genug, um zu verhindern, daß sich ein Brand von Haus zu Haus ausbreitete. Leider.

Es gab Leben in Belly Rave: ein heimliches, zwielichtiges Leben, hervorgerufen von der unkontrollierbaren Wildnis wuchernden Dickichts, endloser Meilen zerbröckelnder Straßen ohne Straßenschilder oder Hausnummern. Das Taxi war nicht allein. Kleine Fahrzeuge rollten über den rissigen Beton, hielten ab und zu am Randstein, wo eine schattenhafte Gestalt eine leuchtende Handtasche schwang. Sie kamen vorbei an einer Häuserreihe mit grellen Lichtern und Lärm. Der Portier lief neben dem Taxi her und sagte: »Alles vorhanden, Mister. Für fünf Dollar eine ganze Nacht, alles, was Sie trinken und rauchen, eingeschlossen. Wozu Steuern zahlen, Mister?«

Manchmal machten die Beamten von der Abteilung für Alkohol- und Haschisch-Steuer in solchen Etablissements Razzien. Aber nicht oft.

Der Fahrer sagte zu dem Portier: »Ist siebenunddreißig-fünfachtundneunzig Willowdale Crescent hier irgendwo in der Nähe?« Er hielt.

»Sie brauchen einen Führer«, antwortete der Portier. »Jimmy!« Jemand schrie etwas aus dem Dunkel. Mundin hörte, wie jemand die Taxitür öffnen wollte.

»Gas geben!« brüllte er dem Fahrer zu, drückte den Türverschluß und kurbelte das Fenster hoch. Der Fahrer gab Gas.

Als sie den Hinterhalt zurückgelassen hatten, fragten sie vorsichtig bei Handtaschenschwingerinnen nach dem Weg. Nach einer halben Stunde waren sie in der Siebenunddreißigtausender-Reihe von Willowdale Crescent und zählten die Häuser.

»Das muß es sein«, sagte der Fahrer, nun nicht mehr verwegen.

»Vermutlich. Sie warten hier, ja?« fragte Mundin.

»Nee, Mann! Woher weiß ich, daß Sie nicht hinten wieder rauskommen und mich sitzen lassen? Sie zahlen, was auf der Uhr ist, dann wart' ich.«

Es war sündteuer – acht Dollar. Mundin gab ihm zehn Dollar und ging den zerfallenen Plattenweg entlang.

Wrumm! Das Taxi war unterwegs, bevor er fünf, sechs Schritte gemacht hatte. Mundin verfluchte den Fahrer und klopfte an die Tür. Er betrachtete das mit Brettern vernagelte Panoramafenster, während er wartete. Sie waren alle zerbrochen, alle vernagelt.

Der Mann, der an die Tür kam, war alt und krank.

»Wohnen hier die Lavins?« fragte Mundin und blinzelte in den dünnen Holzrauch. »Ich bin Charles Mundin. Miss Lavin hat mich gebeten, im Zusammenhang mit einer Rechtssache vorbeizukommen. Ich bin Anwalt.«

Der alte Mann zuckte zusammen.

»Kommen Sie herein, Herr Rechtsanwalt«, sagte er förmlich. »Ich bin selbst Jurist –« Er bekam einen Hustenanfall und lehnte sich an den Türpfosten.

Mundin trug ihn halb ins Wohnzimmer und ließ ihn in einen alten Polstersessel sinken. Eine fauchende Gaslampe warf einen metallisch-blaugrünen Lichtschimmer in alle Ecken. Im Herd loderte ein Feuer bei geschlossenem Schieber. Ein Radiogerät plärrte blechern: ›– Glück an der Ausbreitung gehindert, allerdings sind die vier Häuser, die von der Brandstiftung betroffen waren, völlig zerstört worden. Darüber hinaus ist zwischen den Wabbits und den Goddams in Belly Rave ein Krieg ausgebrochen. Es handelt sich dabei um Jugendbanden. Ein Achtjähriger wurde auf der Stelle getötet, als –«

Mundin schaltete aus und öffnete den Schieber. Der Rauch verzog sich aus dem Zimmer, und das Feuer flackerte. Der alte Mann saß zusammengesunken da; seine Gesichtshaut sah aus wie Pergament. Mundin drehte am Ventil der Gaslampe, und das Brausen hörte plötzlich auf. Es gab einen grünen Lampenschirm; er steckte ihn auf die Lampe, und das Zimmer war plötzlich keine surrealistische Hölle mehr, sondern einfach ein schäbiger Raum.

»Danke«, murmelte der alte Mann. »Herr Rechtsanwalt, würden Sie, bitte, nachsehen, ob im Badezimmer eine kleine, runde Dose zu finden ist?«

Die Badewanne war mit Spanholz gefüllt, auf den Regalen des Schranks sah Mundin Haushaltsvorräte – Salz, Gewürze und so weiter. Er öffnete eine Dose, die kleine, gummiartige Pillen enthielt. Der Geruch war unverkennbar. Mundin seufzte und brachte dem alten Mann die offene Dose.

Der alte Mann nahm sie wortlos entgegen und schluckte langsam fünf von den Opiumpillen. Als er zu sprechen begann, klang seine Stimme beinahe normal.

»Danke, Herr Rechtsanwalt. Lassen Sie sich das eine Lehre sein: Werden Sie nie süchtig. Es schwächt und ist demütigend. Sie sagten, Sie wären mit Norma verabredet? Sie hätte schon vor Stunden zurücksein müssen. Natürlich – die Umgebung ... Ich mache mir Sorgen. Ich bin Harry Ryan. Ich bin Mitglied bei der Wertpapierhandel-Überwachung und bei anderen Ausschüssen. Allerdings –« er starrte auf die Pillen – »praktiziere ich nicht mehr.«

Mundin hustete.

»Ich glaube, Miss Lavin hat Sie erwähnt. Soviel ich weiß, sollen Sie als Rechtsvertreter fungieren, während ich in einem Aktionärsverfahren für Sie tätig werde.« Er zögerte und berichtete dem alten Mann dann von der Festnahme Don Lavins.

»Ja«, sagte Ryan sachlich, »ich habe ihr gesagt, daß es ein Fehler sei, zu Mr. Dworcas zu gehen. Es war unvorstellbar, daß Green & Charlesworth davon nicht Wind bekommen würden.«

»Green & Charlesworth?« Willie Choate hatte den Namen einmal in irgendeinem Zusammenhang erwähnt. »Die Anlageberater?«

»Ja. *Die* Anlageberater, um genau zu sein.«

»Aber sie hat mir erklärt, ihre Sache hänge mit G.M.L.-Bauten zusammen. Was hat Green & Charlesworth damit zu tun?«

Ryan kaute wieder eine Opiumpille und schluckte sie.

»Mr. Mundin«, sagte er, »Sie werden feststellen, daß Green & Charlesworth nicht erst mit etwas zu tun bekommen brauchen. Sie sind schon überall beteiligt. Rohstoffe, Endlosband-Transporte, Grund und Boden, Versicherungen, Betriebsstättenfinanzierung – Sie können nennen, was Sie wollen, Mundin.«

»Sogar Lokalpolitik im 27. Wahlbezirk?«

»Sogar das. Aber lassen Sie sich davon nicht allzu sehr aus der Ruhe bringen, Mundin. Wahrscheinlich sind Green & Charlesworth zur Zeit nur nebenbei an den Lavins interessiert. Sie wollen zweifellos darüber informiert sein, was Don und Norma vorhaben, aber ich rechne nicht damit, daß sie intervenieren werden.«

»Das glauben Sie?«

»Das muß ich annehmen.« Der Türklopfer polterte, und der alte Mann schob sich aus dem Sessel hoch. »Das mache ich schon«, sagte er. »Das vorhin war nur eine vorübergehende Unpäßlichkeit. Sie brauchen sie nicht zu erwähnen bei –« Er wies mit dem Kinn auf die Tür.

Mit Norma und Don Lavin kam er ins Wohnzimmer zurück.

»Hallo, Mundin«, sagte sie tonlos und deprimiert. »Ich sehe, Sie haben uns gefunden. Haben Sie schon gegessen?«

»Ja, danke.«

»Dann entschuldigen Sie uns einen Augenblick. Der Cadillac ist auf dem Weg hierher fünfmal stehengeblieben. Ich bin völlig erledigt.«

Sie und ihr Bruder öffneten mißlaunig zwei Dosen Gulasch mit Selbsterhitzung. Sie löffelten sie schweigend aus.

»Also«, sagte sie dann zu Mundin, »die Hintergründe. Ich mache es kurz.« Ihre Stimme klang ironisch und haßerfüllt. »Don und ich wurden in Coshocton von reichen, aber ehrlichen Eltern geboren. Vater – Don senior – war nicht mehr jung, als wir auf die Welt kamen; die ersten fünfzig Jahre seines Lebens hatte er mit Arbeit verbracht. Er hatte als Kunststoffhersteller mit einer kleinen Fabrik begonnen – Omnibuskarossen, Löschzüge und dergleichen. Zufällig war er mit einem Mann namens Bernie Gorman zur Schule gegangen, der sich später auf Elektronik und Elektrik spezialisiert hatte. Die beiden arbeiteten zusammen, wenn sie die Zeit aufbringen konnten, träumten und entwarfen Visionen. Sie waren Fanatiker. Sie erfanden, entwarfen und bauten den ersten Prototyp des G.M.L.-Hauses, auch bekannt als Kuppelhaus.«

Mundin sagte kühl: »Ich weiß zufällig einiges über G.M.L., Miss Lavin. War da nicht ein Mann namens Moffatt beteiligt?«

»Beteiligt war er, aber erst viel später. Vater und Mr. Gorman arbeiteten fast dreißig Jahre lang wie die Wilden, sparten sich alles vom Mund ab, opferten alles für ihre Träume. Mutter sagte, sie habe Vater oft wochenlang nicht zu Gesicht bekommen. Mr. Gorman starb als Junggeselle. Sie hatten das Kuppelhaus konstruiert, sie hatten es gebaut, aber sie besaßen nicht das Kapital, um es auf den Markt zu bringen.«

»Ah, jetzt hören Sie aber auf«, sagte Mundin. »Sie hätten die Rechte verpachten können –«

»Damit sie unterdrückt worden wären? Habe ich nicht erwähnt, daß sie Fanatiker waren? Sie hatten ein Wohnhaus entworfen, das billiger war als das billigste und besser als das beste. Es war ein Durchbruch, wie es ihn noch nie gegeben hatte, ausgenommen vielleicht die Synthetik-Revolution bei Textilien oder das Erscheinen des Ford-Modells T. Begreifen Sie nicht, daß selbst ein Millionär kein besseres Haus haben konnte als das G.M.L.? Vater und Mr. Gorman wollten die Häuser den Menschen mit nur bescheidenem Gewinn überlassen, aber kein Hersteller wollte etwas davon wissen, bis der Höchstpreis-Markt erschöpft war. Sie waren keine großen Geschäftsleute, Mundin, sondern Träumer. Und dann kam Moffatt mit seinem Plan daher.«

Ryan richtete sich auf.

»Tatsächlich sehr einfallsreich«, meinte er. »Der Steuerlage angepaßt. Durch die Vergabe von Fabrikationslizenzen an große Unternehmen vermied G.M.L. einen größeren Kapitalbedarf; die Unternehmen gaben ihren Beschäftigten das, was anderswo nicht zu bekommen war – und der Ärger mit den Gewerkschaften hörte auf. Zuerst verpachtete G.M.L. die Rechte gegen Geld. Später, als man gewachsen war, forderte man Aktienpakete, Anteile an den Firmen.«

Norma nickte.

»Binnen zehn Jahren besaß G.M.L. beträchtliche Anteile von vierzig Konzernen, und Vater und Mr. Gorman gehörte die Hälfte von G.M.L. Dann kam Vater dahinter, was sich abspielte. Er sagte es Mr. Gorman, und ich glaube, das brachte ihn um – er war schon ein alter Mann, wissen Sie. Vertragsbasis. Ein Wort der Widerrede, und du fliegst aus deinem G.M.L.-Haus. Wenn du aus deinem G.M.L.-Haus fliegst, landest du –« sie zögerte, und ihr Blick glitt durch das triste Zimmer – »hier.«

Mundin sagte verwundert: »Aber wenn Ihr Vater einer der Eigentümer war –«

»Nur zu einem Viertel, Mundin. Und Mr. Gormans Viertel ging nach seiner Embolie an entfernte Vettern. Vaters Vision war Wirklichkeit geworden; in seinen Kuppelhäusern wohnten hundert Millionen Menschen. Aber sie waren zu einer Waffe geworden, und man drängte ihn aus der Firma.«

Don Lavin sagte verträumt: »Der Werkschutz bekam Fotos von ihm. Er wurde wegen Trunkenheit und Ruhestörung festgenommen, als er zur Aktionärsversammlung kommen wollte. Er erhängte sich in seiner Zelle.« Er starrte abwesend auf Mundins Schuh.

Mundin räusperte sich.

»Es – es tut mir leid. Konnte man denn gar nichts tun?«

»Sehr wenig, Mr. Mundin«, sagte Ryan knapp. »Er hatte natürlich noch Anteile. Sie wurden beschlagnahmt. Ein sogenannter Gläubigerausschuß erwirkte bei seinem Tod die Beschlagnahme seines Depositenfachs, um eine angebliche Zerstreuung von Habenposten zu verhindern. Die Beschlagnahme wurde zwölf Jahre aufrechterhalten. Dann paßte jemand nicht auf, oder jemand kündigte oder wurde entlassen, und der Nachfolger wußte nicht, wozu die Beschlagnahme diente – jedenfalls erlosch die Verfügung durch ein

Versehen von G.M.L. Norma und Don Lavin besitzen seitdem fünfundzwanzig Prozent von G.M.L.«

Mundin schaute sich in dem trostlosen Zimmer um und sagte kein Wort.

»Da ist nur eine Kleinigkeit«, sagte Norma bitter. »Don hat die Aktien aus dem Fach geholt und versteckt. Sag uns, wo sie sind, Don.«

Die verträumten Augen ihres Bruders blinzelten und weiteten sich. Seine Gesichtsmuskeln arbeiteten wild; er sagte, krampfhaft stotternd: »K-k-k-k-k-k-k-k-k.« Das Idiotenstottern hielt lange an, bis Don Lavin rauh zu schluchzen begann. Norma tätschelte ihm mit steinerner Miene die Schulter.

Sie sagte zu dem entsetzten Anwalt: »Als wir Schwierigkeiten zu machen begannen, wie man das nannte, wurde Don entführt. Er war drei Tage fort und erinnert sich an nichts. Wir brachten ihn zu einem Arzt; der Arzt sagte, das sehe nach mindestens fünfzig Stunden Konditionierung aus.«

Mundin rief schockiert und empört: »Das ist ungesetzlich! Privatpersonen dürfen Konditionierungstechniken nicht anwenden!«

Norma brauste auf: »Natürlich nicht. Sie sind jetzt unser Anwalt, Mundin. Regeln Sie das für uns, ja? Erwirken Sie eine gerichtliche Verfügung gegen G.M.L.«

Mundin lehnte sich zurück. Gewohnheitsverbrecher – wie sein Mandant – wurden innerhalb von einer Woche und länger mit fünfundzwanzig Stunden Behandlung konditioniert. Aber fünfzig Stunden in drei Tagen!

»Warum hat man nicht einfach die Aktien gestohlen?« fragte er.

»Das wäre ungesetzlich«, sagte Ryan – und hob sofort die Hand. »Nein, im Ernst. Ein erzwungener Verkauf könnte angegriffen – und vielleicht für nichtig erklärt werden – von Don selbst oder seinen Erben oder Vormündern. Auf die andere Weise dagegen ist das Aktienpaket neutralisiert, und G.M.L. kann man nichts anhängen. Man braucht die Aktien nicht, davon hat man genug. Man möchte nur nicht, daß Don und Norma sie haben.«

Mundin war übel geworden.

»Verstehe«, sagte er. »Entschuldigen Sie, daß ich so dumm war. Don weiß also nicht mehr, wo er die Aktien versteckt hat, und Sie wollen sie finden.«

Ryan sah ihn angewidert an.

»Nein, Herr Rechtsanwalt«, sagte er schwerfällig. »Ganz so einfach ist es nicht. Ich mag schon lange nicht mehr praktiziert haben, aber ich stelle mir vor, daß sogar ich Aktienduplikate beschaffen könnte. Leider ist unsere Lage viel schlimmer. Donald war als männlicher Erbe die naheliegende Person, ein Verfahren anzustrengen, und Norma unterschrieb deshalb eine unwiderrufliche Vertretungsvollmacht für ihn. Das war ein Fehler, wie sich herausgestellt hat. Donald ist zu nichts fähig. Er kann kein Verfahren anstrengen, er kann uns nicht sagen, wo die Aktien sind, er kann nicht einmal darüber sprechen.«

Mundin nickte dumpf.

»Verstehe. Sie sind in einer aussichtslosen Lage.«

»Großartig, Mundin«, sagte sie. »Sie drücken es prägnant aus. Da jetzt feststeht, daß wir erledigt sind, können wir uns gleich hinlegen und den Geist aufgeben.«

»Das habe ich nicht gesagt, Miss Lavin«, erwiderte Mundin steif. »Wir werden tun, was wir können.« Er zögerte. »Beispielsweise, wenn es sich nur um Konditionierung handelt, können wir zweifellos Ihren Bruder irgendwo anders dekonditionieren lassen. Schließlich –«

Norma zog eine Braue hoch.

»Privatpersonen dürfen Konditionierungsmethoden nicht anwenden«, zitierte sie ihn. »Haben Sie das nicht eben behauptet?«

»Nun ja, aber irgend jemand wird doch –«

Norma schien plötzlich in sich zusammenzusinken.

»Sagen Sie es ihm. Machen Sie ihm klar, mit wem er es zu tun hat.«

»Die Aktiva von G.M.L. betragen nicht weniger als vierzehn Milliarden Dollar, bestehend aus Barguthaben bei den Banken, begebbare Wertpapiere, Betriebsstätten, Grundvermögen und Anteile an anderen Firmen, insgesamt achthundertvier Unternehmen, der letzten Bilanz zufolge. Ich behaupte nicht, daß die Leute straflos das Gesetz übertreten können, Herr Rechtsanwalt, aber sie können zweifellos verhindern, daß *wir* es übertreten.«

7

Vierzehn Milliarden Dollar. Mundin stapfte wachsam durch die dunklen Straßen von Belly Rave und kam sich vierzehn Milliarden Dollar gegenüber sehr klein vor. Aber den Fall hatte er übernommen. Ein klagendes Heulen aus den Schatten veranlaßte ihn, die Schritte zu beschleunigen, aber kein räuberischer Geselle ließ sich blicken. Mundin fröstelte und schlug den Mantelkragen hoch. Es hatte zu regnen begonnen.

Das Glück stand Mundin bei. Er wurde weder überfallen noch in ein übles Lokal gelockt. Das Taxi, das er schließlich entdeckte, war wirklich eines und keine Falle. Er konnte Belly Rave ohne Schwierigkeiten verlassen.

Er war überzeugt davon, daß die Lavins einen rechtmäßigen Anspruch hatten, dachte er im Taxi. Er hatte ihnen versprochen, sich zu bemühen; er hatte versucht, ihnen einzureden, die Sache sei nicht so hoffnungslos, wie sie aussehe. Er war fast sicher, daß das Mädchen seine leeren Worte durchschaut hatte.

Das Taxi gelangte in eine Gegend, die er kannte, und er ließ es vor einem Tag und Nacht geöffneten Lokal halten. Vielleicht nützte ihm eine Tasse Kaffee. Während er darauf wartete, investierte er eine Münze für einen Anruf in seinem Büro. Man konnte nie wissen, ob nicht doch jemand angerufen hatte.

Das war tatsächlich der Fall. Die Sekretärin ›Schlafnie‹ ächzte und tutete und übertrug die Aufzeichnung einer bekannten, angstvollen Stimme: »Mr. Mundin, äh, hier spricht Norvell Bligh. Können Sie herkommen und mich aus dem Gefängnis holen?«

8

Norvell fuhr aus dem Schlaf hoch.

»Was'n los?« krächzte er.

Seine Stimme klang seltsam, und er bemerkte, daß er sein Hörgerät nicht trug. Er tastete neben dem Bett danach. Es war nicht da.

Er brüllte nach Alexandra: »Wo ist es? Wenn du es wieder versteckt hast, brech' ich dir das Genick!«

Alexandra sah ihn verschmitzt und zugleich entrüstet an.

»Meine Güte, Norvell, du weißt, daß ich das nicht tun würde«, sagten ihre Lippen.

Virginia klopfte ihm auf die Schulter und sagte etwas.

»Was?« rief er laut und ballte die Fäuste.

»Ich sagte, du mußt so betrunken heimgekommen sein, daß du vergessen hast, die Alarmanlage einzuschalten«, formten ihre Lippen. »Steh auf. Du bist schon eine Stunde zu spät dran.«

Er sprang aus dem Bett, durchzuckt von blankem Entsetzen. Eine Stunde zu spät, ausgerechnet heute!

Er fand das Hörgerät – auf dem Boden in der Diele, wo er es nicht zurückgelassen haben konnte, so wenig, wie er vergessen haben konnte, den Alarm einzuschalten. Aber dafür hatte er jetzt keine Zeit. Er entfernte den Bart in zehn Sekunden mit der Creme, badete in fünf, zog sich in fünfzehn an und fegte aus dem Haus.

Zum Glück war Candella nicht da.

Norvie ließ seine Leute von Miss Dali zusammenrufen und begann mit den Vorbereitungen für die Integrator-Tastatur, während die Produktionsgehilfen sich mit ihren Schaltungen und Matrizen beschäftigten, dann ging es los. Er gab Stimmens ein paar Anweisungen, Stimmens bereitete ungeschickt die Lochkarten vor, die Ingenieure übertrugen die Karten in Phasenfelder und Interferenzschaltungen ... Und es entstand eine Welt von Norvies Hand.

Den Technikern gegenüber war Norvie unterwürfig, aber mit den Textern ging er anders um.

»Stimmens, Sie Trottel!« fauchte er. »Beeilen Sie sich! Mr. Candella wird jeden Augenblick hier sein.«

»Ja, Sir«, sagte Stimmens und griff nach Norvies Notizen.

Stimmens machte sich gut, dachte Norvell. Ein bißchen Peitsche schadete ihm nicht.

Nach etwa zwanzig Minuten war Norvells kompletter Entwurf für den Galatag auf Lochkarten verewigt. Während Stimmens den letzten Kartenstapel korrigierte, ließen die Techniker sie durchlaufen. Die kleinen Karten fegten durch die Prüfer, die Schaltungen maßen Stromstärken und spuckten Elektronen aus, und im kleinen Modell des Stadions tauchten winzige Lichtpunkte auf, bewegten sich, fällten einander und verschwanden.

Wenn Norvells Skript vierzig Speerwerfer verlangte, zeigte der Schirm vierzig Lichtgeister, die einander mit feurigen Lanzen bewarfen. Kein Blut floß; keine Leichen befleckten den Boden des

Stadions – nur die kleinen, körperlosen Lichtfiguren, die wie jedes andere Muster erregter Ionen verschwanden, wenn der Strom ausblieb.

Eigentlich fanden die Galatage in Norvells Gedanken statt, nicht in der großen Arena. Er hörte die Schreie der Verwundeten und sah die Tränen der Verwandten, die hoffnungslos im Parterre warteten, aber sie waren nicht wirklich; er sah sie immer als Puppen.

Einer der Techniker hob den Kopf und sagte anerkennend: »Gute Vorstellung, Mr. Bligh.«

»Danke«, sagte Norvell erfreut. Das war immer ein gutes Zeichen; das technische Personal hatte schließlich schon alles gesehen. Die Frage war jetzt nur, was Candella dazu sagen würde.

Das erfuhr er in Kürze.

Candella sagte zunächst ganz ruhig: »Bligh, der bevorstehende Galatag ist wichtig. Jedenfalls kommt es mir so vor. Mir scheint, was wir tun, ist alles wichtig. Finden Sie nicht?«

»Tja –« sagte Norvell.

»Freut mich, daß Sie meiner Meinung sind. Unsere Arbeit ist wirklich wichtig, Bligh. Sie ist eine großartige, bedeutsame Kunstform. Sie liefert gesunde Unterhaltung, sie gestattet der schwerarbeitenden Kuppelhaus-Klasse und den Massen von Belly Rave, dem Alltag zu entfliehen. Die Aggressionen werden abgeschöpft, damit sich die Menschen vergleichsweise harmlosen Dingen widmen können. Man könnte unsere Arbeit als Fundament der Gesellschaft betrachten. Geben Sie mir recht?«

Norvells Stimme versagte. Er flüsterte beinahe: »Ja, Sir.«

Candella sah ihn mit höflicher Verwirrung an.

»Verzeihung?«

»Ja, Sir!« Norvell bemerkte zu spät, daß er fast brüllte.

Candella sah ihn gequält an.

»Sie brauchen nicht zu schreien«, mahnte er lächelnd. »*Ich* höre nicht schlecht.« Norvell zuckte zusammen. Du hundsgemeiner Halunke, dachte er. Aber Candella sprach schon weiter. »Fundament unserer Gesellschaft, wie gesagt, aber auch eine Kunstform. Alles, was wir produzieren, ist wichtig, aber die Galatage –« Er zögerte, dann zog er die Brauen zusammen. Seine Schläfenadern schwollen an. Seine Stimme wurde zu einem dröhnenden Baß. »Der Galatag, Sie eselhafter Versager, ist der größte Tag des Jahres!

Nicht nur deshalb, weil er die meisten Zuschauer anzieht, sondern weil er der Tag ist, nach dem ich beurteilt werde! Der Aufsichtsrat ist anwesend. Der Bürgermeister kommt. Die Leute von G.M.L. sind da. Wenn es ihnen gefällt, gut. Wenn nicht – dann geht es bei *mir* um Kopf und Kragen, Bligh! Und ich habe keine Lust, mir wegen der idiotischen Unfähigkeit eines schwachsinnigen Trottels wie Sie absägen zu lassen!«

Norvell öffnete den Mund; er stand wortlos offen. Candella brüllte weiter: »Kein Wort! Ich will keine Entschuldigung hören. Sie hatten den Auftrag, und Sie haben versagt. Ihre Vorstellung davon, was einen Galatag ausmacht, war natürlich einfallslos. Ich dachte aber, mit Ergänzungen und Flickwerk könnten wir durchkommen. Das glaube ich jetzt nicht mehr – nicht, seitdem ich mir das großartige Programm angesehen habe, das mir heute morgen überreicht wurde – um neun Uhr früh, darf ich hinzufügen.« Er knallte einen Stapel Lochkarten auf den Schreibtisch. »Von einem Ihrer eigenen Leute, Bligh! Von einem überaus begabten jungen Mann, den Sie offenkundig unterdrückt haben. Dem Himmel sei Dank für seinen Mut! Dem Himmel sei Dank für seine Treue! Dem Himmel sei Dank dafür, daß er den Mut und den Verstand besaß, mit seinem Meisterwerk zu *mir* zu kommen, statt zuzulassen, daß Sie es zerstören!«

Daraufhin trat eine lange Pause ein. Schließlich stieß Norvell krächzend hervor: »Wer?«

Triumphierend sagte Candella: »Stimmens.«

Norvell war sprachlos. Das konnte einfach nicht möglich sein. Stimmens? Noch feucht hinter den Ohren, unerprobt, unfähig sogar bei einfachsten Dingen? Stimmens, der nicht einmal bei der Firma bleiben wollte? Stimmens?

Seine Hand streckte sich nach den Karten aus, zuckte zurück.

»Nur zu«, sagte Candella kalt.

Norvell sah sie verblüfft durch. Na, dachte er, das ist einfach unmöglich, und das hier, das geht doch nicht –

»Darf ich das durchspielen, Sir?« fragte er, und auf ein ironisches Nicken hin steckte er die Karten in Candellas Vorschaugerät. Er beobachtete die winzigen, glühenden Figuren mit wachsender Angst.

Als er den Kopf hob, sagte er dumpf: »Das ist ja *gut.*«

»Natürlich ist es gut.«

»Nein, wirklich gut, Mr. Candella!« Er schüttelte verwundert den Kopf. »Stimmens, wie? Das hätte ich nie geglaubt. Natürlich noch ungeschliffen, das Ganze. Dem komischen Zwischenspiel mit den Vitriolpistolen muß eine spannende Szene wie Mensch gegen Skorpion folgen, statt wieder etwas Witziges wie die Achtzigjährigen mit Flammenwerfern. Aber das läßt sich leicht beheben. Flucht vor Blitzen aus Menschenhand geht auch nicht; Stimmens hat mir selbst gesagt, daß wir die Geräte aus Schenectady nicht bekommen. Das hat er wohl vergessen.«

Candella sah ihn mit einem unbeschreiblichen Ausdruck an, aber Norvell plapperte nervös weiter: »Wirklich originell, Mr. Candella – ich muß sagen, ich bewundere ihn. Piranhas bei der Schwimmvorführung! Wunderbar. Und die Achtzigjährigen sind ein erstklassiger Einfall. Nummer für Nummer, die ich nicht kenne! Ich muß zugeben, Mr. Candella, der Junge hat Talent.«

»Was, zum Teufel, quatschen Sie da?«

»Na, die Originalität, Mr. Candella – die Frische«, stammelte Norvell.

Candella hörte ihn kaum; er blätterte in Unterlagen und murmelte vor sich hin. Dann hieb er mit der Faust darauf und funkelte Norvell an.

»Originalität! Bligh, halten Sie mich für verrückt? Glauben Sie, ich wäre so irrsinnig, bei einer solchen Vorstellung unerprobte Neuheiten zu bringen? Jede einzelne von diesen Nummern war in den letzten neunzig Tagen irgendwo im Land ein Supererfolg.«

»Oh, nein! Nein, Mr. Candella, ganz ehrlich – ich kenne mich aus. Ich habe die ganzen Berichte bekommen, und nichts davon war ... Ehrlich, Mr. Candella! Ich habe neulich erst zu Stimmens gesagt: ›Merkwürdig, daß fast nichts Neues auftaucht.‹ Mein Gott, Stimmens hat selbst nachgeforscht, er muß es doch wissen!«

Candella explodierte: »Schauen Sie her, Sie Narr!« Er warf Norvell ein Bündel Berichte hin.

Alles war da. Namen, Daten und Orte. Norvell hob entsetzt den Kopf.

»Mis-ter Can-del-la!« flüsterte er. »Das ist ein ganz gemeiner Betrug!« Seine Stimme wurde kräftiger. »Er will Stufe Fünfzehn erreichen. Erst gestern wollte er, daß ich eine Aufhebung seines Vertrages empfehle. Ich lehnte ab, und jetzt rächt er sich dafür.«

»Bligh! Das ist eine ernste Beschuldigung!«

»Oh, ich kann sie beweisen, Mr. Candella! Ich habe die Abschriften seiner Berichte in meinem Schreibtisch. Bitte, Mr. Candella – kommen Sie mit in mein Büro. Lassen Sie sich das zeigen.«

Candella stand auf.

»Zeigen Sie es mir.«

Und zehn Minuten später sagte er grimmig: »Sie dachten wohl, ich lasse mich bluffen, wie?«

Norvell starrte ungläubig auf die Berichte, schneeweiß im Gesicht. Sie waren in seinem Schreibtisch gewesen, abgesperrt ...

Und es waren nicht die Berichte, die er gesehen hatte. Sie waren voller Neuheiten; sie zeigten alle die großartigen neuen Ideen in Stimmens Programm, und noch eine Menge dazu.

Norvells Hand zitterte. Wie war das möglich? Es konnte nicht sein, daß er seinen Schreibtisch nicht abgesperrt hatte. Niemand außer ihm besaß einen Schlüssel, nur noch Miss Dali – und sie hatte keinen Grund, so etwas zu tun. War er verrückt geworden?

Candella rief über Norvells Rufgerät Stimmens herein. Der junge Mann erschien, ehrfürchtig und demütig.

»Gratuliere, Stimmens«, sagte Candella. »Sie sind von jetzt an Abteilungschef. Ziehen Sie hier ein, wann Sie wollen – es ist Ihr Büro. Und werfen Sie diesen Kerl hinaus.« Zu Norvell: »Ihr Vertrag ist storniert. Versuchen Sie nie wieder, eine Stellung in dieser Branche zu bekommen, das wäre Zeitvergeudung.« Er ging ohne ein weiteres Wort hinaus.

Norvell war völlig betäubt.

»Sie hätten das vermeiden können«, sagte Stimmens verlegen. »Glauben Sie nicht, daß mir das Spaß gemacht hat. Ich arbeite seit einem halben Jahr daran und hatte nicht das Herz, es durchzuführen. Ich mußte Ihnen eine Chance geben; Sie haben sie nicht genützt.«

Norvell starrte ihn an.

»Ich bin ja nicht einfach hineingestolpert«, sagte Stimmens bedauernd. »Glauben Sie mir, ich habe mir das verdient. Was weiß ich von Galatagen? Schweiß, Schweiß, Schweiß; ich habe keinen Augenblick lang Ruhe gehabt.«

Miss Dalli kam herein und küßte Stimmens.

»Liebling, gerade habe ich es erfahren! Du herrliche Stufe Fünfzehn, du!«

»Ach«, sagte Norvell dumpf.

Sie sagten noch mehr, aber er hörte es nicht; es war, als sei sein

Hörgerät abgeschaltet. Er war draußen auf der Straße, bevor er begriff, was er tat – und was mit der Vertragslaufbahn von Norvell Bligh geschehen war.

Der Haken war: Virginia.

Norvell erreichte wieder einmal bei seinen Überlegungen diesen Punkt und scheute, wie schon tausendmal zuvor, zurück. Er bestellte noch ein Glas.

Kein Vertrag, kein Kuppelhaus. Es blieb nur Belly Rave. Norvell trank einen großen Schluck. Was war denn so schlimm an Belly Rave? Auf jeden Fall war man wenigstens viel an der frischen Luft. Verhungern würde man nicht – kein Mensch verhungerte, das wußte jeder. Wahrscheinlich konnte er irgendeine Beschäftigung finden. Die Unterhaltszuschüsse würden für das Essen reichen; mit der zusätzlichen Arbeit – egal, worin sie bestand – konnte er ein bißchen Geld sparen, einen neuen Anfang versuchen, vielleicht im alten Teil der Stadt ein Haus finden. Natürlich kein Kuppelhaus, aber besser als Belly Rave.

Er wünschte sich wieder einmal, mehr über Belly Rave zu wissen. Seltsam, wenn er bedachte, daß Virginia dort geboren worden war; aber sie sprach nie darüber.

Und da war er schon wieder bei Virginia.

Er bestellte noch ein Glas.

Er schaute sich in der Bar um; hier war er noch nie gewesen. Er wußte nicht einmal, wo er war; mit schmerzenden Sohlen war er durch das Ah-raber-Viertel gewandert. Eines Tages würde er Arnie mit hierherbringen. Arnie gehörte nicht zu den Freunden, die in die andere Richtung schauten, wenn man ein bißchen Pech gehabt hatte. Der gute alte Arnie, dachte Norvell sentimental.

Er sah, wie spät es war.

Vielleicht besser, sich den Dingen zu stellen. Vielleicht konnte er hinterher noch ein bißchen zu Arnie gehen. Das munterte ihn auf.

Er leerte sein Glas und schob die Brieftasche in den Barschlitz. So schlimm brauchte es mit Virginia gar nicht zu werden. Es war sicher ein Vorteil, daß Virginia aus Belly Rave stammte. Sie kannte sich dort aus, würde Freunde haben . . .

Jemand packte seine Schulter und riß ihn herum.

»Was bildest du dir eigentlich ein, Kerl?« fuhr ihn der Polizist an. Er hielt Norvell seine Brieftasche unter die Nase. »Weißt du, was passiert, wenn man eine ungültige Kreditkarte benützt? Ihr

Belly Rave-Leute seid alle gleich; kaum habt ihr eine verfallene Karte gefunden, wollt ihr schon nassauern. Komm mit, Freundchen. Der Captain möchte mit dir reden.«

Es war einfach gräßlich.

Natürlich hatte Candella Norvells Karte sofort storniert – aber das Versehen war verständlich genug. Norvell gab sich große Mühe, die Leute im Revier zu überzeugen, bis ihm klar wurde, daß man ihm glaubte – daß man ihm glaubte und es dabei beließ.

Er kam in eine Zelle, bis der diensthabende Sergeant zu Abend gegessen hatte. Norvell gefiel es in der Gemeinschaftszelle nicht; die Leute dort waren ihm zuwider. Aber er sagte sich auch, daß es schlimmer hätte kommen können. Es ging nur um seine verfallene Kreditkarte; man hätte ihn auch der Trunkenheit und Ruhestörung beschuldigen können. Und Norvell hätte erleben können, daß er als ›mittellos‹ eingestuft wurde – was bedeutete, daß man sofort einen Job finden mußte, wenn man nicht für längere Zeit eingesperrt werden wollte. Und es gab nur einen Job, den man finden konnte, wenn man Probleme mit der Polizei hatte. Man brauchte nicht einmal zu telefonieren. Die Polizei fuhr einen direkt zum Stadion; Norvell kannte das, weil er oft genug gesehen hatte, wie ›Freiwillige‹ angeliefert wurden.

»He, Bligh.«

»Ja, Sir?« sagte Norvell.

Der Polizist sperrte die Zellentür auf.

»Mitkommen.« Sie gingen zu einem schäbigen Zimmer, wo er die Hände über den Kopf heben mußte, während jemand ihn abtastete. Dann kam ein merkwürdig interessantes Verfahren, bei dem die Finger gefärbt und über ein Blatt Papier gerollt wurden. Danach mußte er in ein Gerät blicken, in dem es aufblitzte, wobei seine Netzhäute fotografiert wurden. Norvell konnte einige Zeit danach nicht richtig sehen.

Der Polizist sagte etwas.

»Was?«

»Ich fragte, ob Sie Ihren Anwalt anrufen wollen.«

Norvell schüttelte automatisch den Kopf, aber dann fiel ihm ein, daß er ja einen Anwalt hatte.

»Ja, ja«, sagte er. Er fand Mundins Telefonnummer im Buch; die Bürozeit war schon vorbei, aber er hatte Glück, es meldete sich jemand. Mundin war allerdings nicht da, und die Person am Apparat schien betrunken zu sein. Er hinterließ eine Nachricht, und es blieb ihm nichts anderes übrig, als zu warten.

Sechs Uhr vorbei; sieben Uhr, und noch zwei Stunden vergingen, bis er sich Sorgen zu machen begann.

Es war schon fast zehn Uhr; wenn er nicht bald herauskam, würde er den guten alten Arnie nicht mehr besuchen können.

9

»Recht vielen Dank, Mr. Mundin«, sagte Norvell. Er schaute sich nach dem Polizeirevier um und fröstelte.

»Bedanken Sie sich nicht. Ich habe nur bei Del Dworcas ein Wort eingelegt, und er hat sich beim Revier für Sie verwendet. Bedanken Sie sich bei ihm.«

Norvells Gesicht hellte sich auf.

»O ja, das will ich! Ich wollte Mr. Dworcas schon lange kennenlernen. Arnie – Sie wissen, sein Bruder Arnie ist ein enger Freund von mir – er hat mir so viel von ihm erzählt.«

Mundin zuckte die Achseln.

»Dann kommen Sie mit«, sagte er.

Der Weg war kurz, und der Regen unterband eine Unterhaltung. Mundin marschierte mürrisch vor seinem Klienten dahin und dachte an G.M.L. Die Hoffnung ließ ihn nicht los: Vielleicht konnte er es schaffen – vielleicht ...

Im Republikaner-Haus schaute sich Norvic begierig um. Es war nicht so eindrucksvoll, wie man erwarten mochte, aber man mußte die Leute für ihre Sachlichkeit bewundern.

Norvell blieb stehen, als Mundin mit einem schwarzhaarigen Mann in Hemdsärmeln sprach. Wohl der Hausmeister, dachte er; er war verblüfft, als Mundin ihn herüberrief und ihn Del Dworcas vorstellte.

Norvell sagte mit einem gewissen Stolz: »Ich freue mich wirklich sehr, Sie kennenzulernen, Mr. Dworcas. Ihr Bruder Arnie ist sehr stolz auf Sie; wir sind sehr gute Freunde.«

Dworcas betrachtete ihn prüfend.

»Wohnen Sie in der Gegend?« fragte er.

»O nein. Ziemlich weit weg, aber –«

Dworcas schien das Interesse zu verlieren.

»Freut mich«, sagte er und wandte sich ab. »Wenn Sie Arnie sprechen wollen, er ist drüben bei Hussein. Also, Charles, was wollten Sie mit mir besprechen?«

Norvell stand mit ausgestreckter Hand da. Er blinzelte ein wenig, aber Mr. Dworcas war schließlich ein vielbeschäftigter Mann, sagte er sich. Und Arnie war gegenüber in einem Lokal!

Auf dem Weg nach unten sah er, wie spät es war. Elf Uhr vorbei!

Auch schon egal, dachte er tollkühn. Er schlug den Mantelkragen hoch und lief hinaus in den Regen, beinahe in die Arme eines Polizisten, der ein mageres junges Mädchen hereinführte. Sein Herz klopfte, aber der Polizist beachtete ihn nicht.

Arnie saß allein an einem Tisch und las. Er hob den Kopf, als Norvie herankam, und steckte die Zeitschrift hastig weg. Er sagte nichts, außer mit seinen ungläubigen Augen.

Norvell setzte sich und lächelte.

»Überrascht, mich zu sehen?«

Arnie zog die Brauen zusammen.

»Was machen Sie hier?«

»Kann – kann ich Kaffee haben?« stammelte Norvell. »Ich habe kein Geld bei mir.« Arnie wirkte empört, winkte aber dem grinsenden Kellner.

Dann berichtete Norvell – vom Gefängnis und Mundin und Del Dworcas. Arnie lächelte.

»Sie haben einen anstrengenden Tag hinter sich«, meinte er humorvoll. »Bin aber froh, daß Sie Del kennengelernt haben; er ist einmalig. Übrigens habe ich mir erlaubt, ein paar von seinen Mitarbeitern zum Galatag einzuladen. Wenn Sie also die Karten besorgen –«

Norvell befeuchtete die Lippen.

»Arnie –«

»– beschaffen Sie dann drei mehr?«

Norvell schüttelte den Kopf.

»Arnie, hören Sie zu. Ich kann die Karten nicht besorgen.«

Arnie hob das Kinn.

»Sie können was nicht?«

»Ich bin heute entlassen worden. Deshalb hatte ich kein Geld.«

Es wurde still. Dworcas suchte in seinen Taschen nach einer Zigarette. Er fand das Päckchen und legte es geistesabwesend vor sich auf den Tisch, ohne sich eine anzuzünden. Er sagte nichts.

»Es – es war nicht meine Schuld, Arnie«, sagte Norvell. »Dieser Schweinehund Stimmens –« Er erzählte die ganze Geschichte von Anfang an. »Es wird schon wieder gut, Arnie«, sagte er. »Machen Sie sich meinetwegen keine Sorgen. Vielleicht hätte ich schon längst stornieren sollen. Ich fange in Belly Rave neu an. Virginia kann mir helfen; sie kennt sich da aus. Wir finden ein Haus und richten es ein. Und es kann nur eine Frage der Zeit sein, bis –«

Dworcas nickte.

»Verstehe. Sie haben einen wichtigen Schritt getan, Norvell. Natürlich wünsche ich Ihnen viel Glück.«

»Danke, Arnie«, sagte Norvell eifrig. »Ich glaube nicht, daß es so schlimm wird. Ich –«

»Ich sitze natürlich in der Patsche«, fuhr Arnie fort.

»Sie, Arnie?« rief Norvell entsetzt.

»Spielt ja keine Rolle, nicht?« sagte Arnie achselzuckend. »Die Kollegen hatten mich allerdings gewarnt. Sie sagten, Sie führen mich nur an der Nase herum, was die Eintrittskarten angeht. Ich weiß nicht, ob Sie nicht sehr schlecht dastehen, wenn ich Ihnen die Wahrheit sagen muß, Norvell.«

Norvell schloß gequält die Augen. Der treue Arnie!

»Aber so ist das nun mal, Norvell«, sagte Arnie. »Ich nehme es Ihnen nicht übel. Vergessen wir's. Ich kann Ihnen nicht verdenken, daß Sie Ihre eigenen Probleme in den Vordergrund stellen.« Er schaute auffällig auf die Uhr. »Ich möchte Sie nicht aufhalten«, meinte er. »Ich muß ohnehin zurück; mein Bruder möchte mit mir etwas besprechen. Ach, nichts Besonderes – aber jeder Bürger hat selbstverständlich die Pflicht, zu tun, was er kann.« Er warf einen Geldschein auf den Tisch und führte Norvell zur Tür.

Unter dem schmutzigen Vordach schlug er Norvell auf die Schulter.

»Schreiben Sie mir ab und zu eine Zeile, ja?« sagte er. »Ich bin ein miserabler Briefschreiber, aber ich höre immer gern, wie es Ihnen geht.«

Norvell blieb stehen.

»Schreiben, Arnie?« sagte er. »Ich sehe Sie doch, oder?«

»Aber gewiß.« Dworcas starrte in den Regen. »Aber die lange Fahrt von Belly Rave werden Sie sicher nicht zu oft unternehmen wollen. Das kann ich Ihnen nicht verdenken. Und ich bin abends auch immer beschäftigt, bis ich die Sache für meinen Bruder abgewickelt habe ... Hören Sie, Norvell, es hat keinen Sinn, hier herumzustehen. Schreiben Sie mir eine Zeile, wenn Sie Gelegenheit dazu finden. Und alles Gute!«

Norvell stapfte durch die überfluteten Straßen. Mit der verfallenen Kreditkarte und ohne Bargeld in der Tasche war es ein langer, nasser Heimweg. Er hatte Zeit genug, einzuüben, was er Virginia sagen wollte.

Er sagte es.

Als er es hinter sich hatte, starrte er seine Frau eher verwirrt als erleichtert an. Er hatte mit Geschrei, mit Beschimpfungen gerechnet.

Nichts davon.

Zum Glück schlief die Tochter; es wäre schwerer gewesen, in ihrem Beisein. Er hatte sich wortlos umgezogen, war heruntergekommen, hatte Virginia ins Gesicht geblickt und es ihr gesagt – ohne Umschweife, ganz brutal.

Dann wartete er. Die Explosion blieb aus. Virginia schien ihn kaum gehört zu haben. Sie saß mit leerem Gesicht da und strich mit den Fingern über die weichen Armlehnen des Sessels. Sie stand auf und schlenderte wortlos zum Wandmustergerät. Typisch für ihre schlampige Hausarbeit – das fröhliche Morgenmuster war noch zu sehen. Mit sanften Fingern stellte sie die Wand auf ein leuchtendes Altrosa und dämpfte die Beleuchtung. Sie trat an eine Wand, verwandelte sie in einen Spiegel und betrachtete sich lange. Norvell starrte sie an. In der schmeichelnden Beleuchtung war ihre Haut makellos und von goldenem Schimmer.

Sie setzte sich auf den warmen Boden und begann zu schluchzen.

Norvell saß plötzlich neben ihr.

»Bitte, Liebes«, sagte er. »Bitte, weine nicht.«

Sie hörte nicht auf. Aber sie schob ihn auch nicht weg. Er hielt ihre Schultern ungeschickt in seinen Armen, ihren Kopf auf seiner Brust. Er redete auf eine Weise mit ihr, wie er es nie gekonnt hatte. Natürlich würde es schwer sein, aber ein Leben, das man ertragen konnte – mußten es nicht Tausende ertragen? Vielleicht war ihnen alles zu leicht gemacht worden, vielleicht bedurfte es einer Belastung, daß zwei Menschen zusammengeschweißt wurden, vielleicht würde ihre Ehe geteilte Arbeit und geteiltes Glück bringen . . .

Alexandra stand oben an der Treppe und kicherte.

Norvell fuhr hoch.

»Oh!« kicherte sie. »Verzeichung! Ich hätte mir nicht träumen lassen, daß es hier so intim zugeht!«

Virginia stand schnell auf und warf Norvell um. Er spürte, wie ihm das Blut ins Gesicht schoß.

Er schluckte und unternahm einen Versuch.

»Sandy«, sagte er ruhig, den Kosenamen gebrauchend, der fast vergessen war. »Sandy, bitte, komm herunter. Ich habe dir etwas Wichtiges zu sagen.«

Virginia stand mit leerem Gesicht da. Norvell wußte, daß sie sich Mühe gab, und dafür liebte er sie.

Das Kind kam herunter.

»Sandy –« sagte Norvell.

Ihr Gesicht war uralt und hochmütig.

»Bitte«, sagte sie. »Du weißt, was ich von diesem demütigenden Kosenamen halte.«

Norvell nahm sich zusammen.

»Ich wollte nicht –« begann er mit zusammengebissenen Zähnen.

»Natürlich wolltest du nicht. Du wolltest mich in deiner Trunkenheit auch nicht aufwecken, nicht? Du wolltest Virginia und mich nicht erschrecken, als du so lange ausgeblieben bist.« Sie warf ihrer Mutter einen verschlagenen Blick zu. Virginias Hände waren zu Fäusten geballt.

»Ich wollte dir nur etwas sagen«, erklärte Norvell ohne Hoffnung.

»Was du auch sagst, es nützt nichts mehr.«

»Nein?« schrie Norvell plötzlich. »Na, dann hör trotzdem zu, verdammt noch mal! Wir ziehen nach Belly Rave! Wir alle – schon morgen! Sagt dir das gar nichts?«

Virginia sagte mit scharfer Stimme: »Du brauchst das Kind nicht anzuschreien.«

So ging das. Er wußte ganz genau, daß sie es so nicht gemeint hatte, aber er antwortete unwillkürlich: »Ich brauche sie nicht anzuschreien – weil sie nicht taub ist wie ich, oder? Meine treue Frau! meine liebe Familie!«

»Das habe ich nicht gemeint!« rief Virginia.

»Du meinst es nie so!« brüllte Norvell, und Virginia kreischte: »Du weißt, daß ich es nicht so gemeint habe, aber – du nennst dich einen Ehemann! Nicht einmal für eine Familie kannst du sorgen!«

So ging es weiter, fast bis es hell wurde.

10

»Vielen Dank, Del, daß Sie Bligh herausgeholt haben«, sagte Mundin.

»Ach was, gern geschehen. Außerdem ist er mit dem Jungen befreundet. Also, was haben Sie auf dem Herzen?«

»G.M.L., Del. Ich glaube, Sie haben mich da auf etwas gebracht. Wenn es klappt – na, ich werde es Ihnen nicht vergessen.«

»Klar, Charles. Hören Sie, es ist spät, und ich habe noch zu tun.«

»Es dauert nicht lange. Diese Wahl – Del, lassen Sie mich diesmal aussteigen, ja? Ich meine, Sie brauchen ja gar keine Wahlbeobachter. Ich könnte die Spesen zwar gebrauchen – aber mir fehlt die Zeit.«

Dworcas sah ihn prüfend an und traf seine Entscheidung. Er grinste breit.

»Mensch, Charles, warum sollte ich Ihnen etwas in den Weg legen? Steigen Sie ein in die Sache, wenn sie so gut aussieht. Ich behaupte nicht, daß ich zu wenig Leute habe – sogar mein kleiner Bruder hilft mir. Viel leistet er ja nicht, aber das macht nichts. Sie glauben also, daß an der G.M.L.-Geschichte etwas dran ist?«

Charles wollte antworten, aber einer von Dworcas Gehilfen steckte den Kopf herein und flüsterte Del etwas zu.

Dworcas entschuldigte sich.

»Tut mir leid, Charles, aber Jimmy Lyons ist da; entschuldigen Sie mich eine Minute.«

Es dauerte nicht viel länger als eine Minute, aber Dworcas kam mit langsamen Schritten zurück und sah Mundin nicht an.

»Ja, ich glaube, es ist was dran«, sagte Mundin. »Auf jeden Fall will ich es versuchen.«

Dworcas sagte zur Wand: »Ich frage mich, ob Sie das Richtige tun.«

Mundin sah ihn erstaunt an.

»Wie meinen Sie das?«

»Eine recht gefährliche Sache, Juristerei zu betreiben, für die Sie nicht passen«, sagte Dworcas achselzuckend. »Es ist Ihre Sache, Mundin. Ich möchte nur nicht, daß Sie in Schwierigkeiten kommen.«

»Augenblick mal, Del! Was ist los? Das Ganze war doch Ihre Idee, oder?«

»Haben Sie Angst, Mundin?« sagte Dworcas kalt. »Wollen Sie das jetzt mir anhängen?« Er griff nach dem Telefon. »Verschwinden Sie, ja? Ich habe zu tun.«

Es störte Mundin auf dem ganzen Heimweg und auch am nächsten Morgen, als er aufwachte.

Im Gerichtsgebäude störte es ihn noch mehr. Er nickte dem Polizeiposten zu, und der Polizist starrte durch ihn hindurch. Zu dem Angestellten am Schalter sagte er: »Na, Abe? Wie geht es den Kindern?« Und der Angestellte murmelte etwas und schloß krachend den Schalter.

Mundin begann zu begreifen. Er wurde wütend, wartete am nächsten Schalter in der Reihe und verlangte die Akten, die er brauchte. Er schickte die falsche Akte zurück, die er zuerst bekam; er wies darauf hin, daß in der richtigen die Hälfte fehlte. Er saß zwei Stunden im Wartezimmer des Landrats, bis die Sekretärin kam und ihm erklärte, Mr. Cochrane sei längst zum Essen gegangen. Er beschwerte sich schriftlich auf einem Formblatt, daß er auf ungesetzliche Weise daran gehindert werde, die öffentlich zugänglichen Unterlagen über G.M.L. einzusehen, obwohl er wußte, was mit der Beschwerde geschehen würde. Sie flatterte in den Papierkorb, bevor er das Zimmer verlassen hatte. Er wollte sich umdrehen und wütend protestieren.

Der Polizist stand erwartungsvoll neben ihm. Mundin kehrte in sein Büro zurück, um nachzudenken.

Vierzehn Milliarden Dollar ...

Aber woher, zum Teufel, wußten sie so schnell Bescheid? Nicht von Dworcas, sagte sich Mundin; er konnte beschwören, daß Dworcas nichts geahnt hatte, bis Jimmy Lyons ihn aus dem Zimmer gerufen hatte.

Mundin gab der Sekretärin ›Schlafnie‹ einen Tritt und marschierte weiter hin und her. Die Sekretärin erklärte ihm volltönend, Mrs. Mundin werde den Restbetrag bis Freitag bezahlen.

Er setzte sich an den Schreibtisch. Na gut, es würde hart werden. Das war klar. Was konnte man anderes erwarten? Und je schwerer es G.M.L.. ihm machte, desto mehr Angst mußten die Leute haben – nicht wahr? Und je mehr Angst sie hatten, desto mehr sprach dafür, daß an der Sache wirklich etwas dran war.

Er griff nach seinen Unterlagen und begann eine Vertretungsvollmacht zu formulieren, die Norma Lavin unterschreiben sollte. Sie würde sie natürlich unterschreiben; sie war eine eigenwillige und zweifellos auch sehr schwierige Person, aber es blieb ihr nicht viel anderes übrig.

Das Telefon läutete. Er schaltete hastig die Sekretärin ab und griff nach dem Hörer.

»Mundin.«

»Hier Harry Ryan«, sagte eine brüchige Stimme. »Norma – sie ist nicht da. Kommen Sie lieber her, Mundin. Ich glaube, man hat sie abgeholt.«

11

Norvell erwachte steif und durchfroren. Er schaute sich betäubt um. Das Wohnzimmer. Aber –

Ja. Es war das Wohnzimmer. Ohne Wandmuster, ohne Licht, bis auf trüben Dämmerschein von draußen. Alle Wände waren durchsichtig, und er lag auf dem Boden. Das Bett, das er gewählt hatte, war zusammengeklappt und hatte ihn auf den Boden gekippt. Und der Boden war kalt.

Keine Wärme. Kein Strom. Abgeschaltet.

Er stand mit verzerrtem Gesicht auf und schlurfte ohne Hoffnung zur Fenstersteuerung. Sie reagierte nicht; die Fenster blieben durchsichtig.

Er wußte, was geschehen war, und fluchte mit zusammengebissenen Zähnen. Diese Halunken. Das Haus einfach abzuschalten, ohne jede Warnung, bei Tagesanbruch, ohne ihm auch nur Gelegenheit zu geben ...

Er sammelte seine Kleidung vom Boden auf, wo ein Ständer sie abgeschüttelt hatte, bevor er eingefahren worden war. Durch die unanständig durchsichtigen Fenster sah er die anderen Kuppelhäuser, alle undurchsichtig, mit Nachtbeleuchtung und hier und dort einem erhellten Fenster. Ehe er angezogen war, hörte er oben Lärm. Seine Frau und Tochter kamen im Negligé herunter und verlangten, daß er etwas unternehme.

»Zieht euch an«, sagte er und schaltete sein Hörgerät ab.

Während sie es taten, streifte er durch das Haus. Geistesabwesend betätigte er die Wählscheibe für Kaffee und lachte verlegen, als kein Wasser lief. Schränke, Schubladen und Kommoden hatten allen Inhalt ausgespuckt. Die Türen waren geschlossen – für ihn. Er begann einen Koffer zu packen.

Zwei gelangweilte Polizisten kamen ins Haus; die Tür war natürlich nicht mehr abgeschlossen. Er schaltete sein Hörgerät ein, ließ sich viel Zeit dabei.

»Na?« sagte er.

Sie erklärten ihm, daß er genug Zeit habe; sie hätten keine Eile. Und wenn es eine Stunde dauert, Freund. Sie würden ihn und seine Familie mit ihren Sachen nach Belly Rave bringen und ihnen helfen, eine ordentliche Unterkunft zu finden. Und – nimm's nicht so schwer, Freund. Manchmal geriet ja einer in Panik, wenn er seinen Vertragsstatus verlor, und versuchte sich umzubringen.

Einen schönen Anblick gab es beim Umzug. Einer der Polizisten griff hilfsbereit nach einem Koffer. Alexandra sagte, er solle seine dreckigen Hände von –

Der Polizist gab ihr eine Ohrfeige und meinte, von Belly Rave-Gören ließen sie sich nichts bieten.

Das Polizeifahrzeug erschreckte Norvell. Es war gepanzert.

»Habt ihr – habt ihr viel Ärger in Belly Rave?« fragte er.

»Nee, nur ab und zu«, erwiderte der freundlichere der beiden Polizisten. »Seit einem halben Jahr ist kein Streifenwagen mehr überfallen worden, oder höchstens mit Pistolen. Keine Sorge.« Und sie fuhren los.

Virginia hatte den ganzen Morgen keine zwei Worte gesprochen.

Der Wagen hielt an dem breiten Gleitweg rund um die Kuppelstadt, während der Fahrer in sein Funkgerät sprach. Schließlich rollten noch zwei Polizeiautos heran, und die Kolonne erreichte den rissigen Asphalt, der nach Belly Rave führte.

Sie holperten zwei Meilen dahin, dann bogen sie auf eine Seitenstraße ab, die noch schlimmer aussah.

Das erste, was Norvell auffiel, war der Geruch.

Das zweite war noch schlimmer. Es war das entsetzliche Gefühl des Verratenseins, als er Belly Rave betrachtete. Ein Mann kann sich mit allem abfinden, mit Darmkrebs, mit der qualvollen und unabänderlichen Armut des Verkrüppelten und Hilflosen, er kann überleben und das Beste daraus machen. Aber wenn er sich gegen die Katastrophe gewappnet hat – und die Wirklichkeit ist tausendmal schlimmer als sein ärgster Alptraum –, dann werden seine Verteidigungslinien überrannt, und innerlich bleibt ihm nichts als der Zusammenbruch.

Und Belly Rave, die von Leben erfüllte Ruine, war schlimmer als alles, was Norvell je vermutet hatte.

Die Polizeifahrzeuge bogen mit heulenden Sirenen um eine Ecke und hielten in der Mitte eines langen, gekurvten Straßenabschnitts. Aus jedem Auto stieg ein Polizist, stand bis zu den Knöcheln in Unkraut und Abfall, die Hand an der Waffe.

»Das hier paßt«, sagte Norvells Fahrer. »Los.«

Der Vorgang, ihre Habseligkeiten in das Haus zu tragen, bei starkem Regen, umringt von einem Publikum mit leeren Gesichtern, war zum Glück für Norvell ganz undeutlich. Er saß den einen Augenblick im Wagen und starrte ungläubig auf den häßlichen Stall, den man ihm anbot; im nächsten saß er auf einem Koffer, und Alexandra wimmerte: »Norvell, ich muß etwas zu essen haben, bevor ich umkomme, es war –«

Virginia seufzte und stand auf.

»Halt den Mund«, sagte sie zu ihrer Tochter. »Norvell, hilf mir mit dem großen Koffer.«

Sie stieß einen Haufen rasselnder Dosen weg und ging zur Treppe, ohne ihre Tochter zu beachten.

Norvell folgte ihr die schmalen, ausgetretenen Stufen hinauf. Das Obergeschoß war vom Regen durchnäßt, aber Virginia fand eine Stelle, wo das Wasser nicht unmittelbar hereintropfte. Dort stellte er den Koffer ab.

»Geh hinunter und paß auf die anderen Sachen auf«, befahl sie. »Ich ziehe mich um.«

Bevor sie herunterkam, hatten sie Gesellschaft.

Als erstes erschienen drei Männer in zerrissenen Windjacken.

»Polizei«, sagte einer von ihnen und hielt Norvell etwas aus Metall vors Gesicht. »Routineüberprüfung. Habt ihr Wertsachen, alkoholische Getränke, Rauchmittel oder Waffen anzumelden?«

»Die Polizei ist eben weggefahren«, wandte Norvell ein.

»Das ist Kuppelstadt-Polizei, Mister«, sagte der Mann. »Die hat hier nichts zu bestimmen. Wenn Sie meinen Rat hören wollen, streiten Sie besser nicht mit uns. Los, Mann, was haben Sie anzumelden?«

»Nichts, glaube ich«, sagte Norvell achselzuckend. »Außer, Sie zählen unsere Kleidung.«

Die Männer gingen auf die Koffer zu.

»Nur Kleidung? Keine Waffen oder Schnaps?«

Virginias hohe, helle Stimme tönte herunter: »Und ob wir Waffen haben. Haut ab, ihr Halunken, bevor es kracht!« Norvells Augen traten aus ihren Höhlen, als er in ihrer Hand einen altmodischen Revolver sah.

»Augenblick mal, Kleine«, sagte einer der ›Polizisten‹.

»Raus!« fauchte sie. »Ich zähle bis fünf. Eins, zwei, drei –«

Sie verließen fluchend das Haus.

Virginia kam die Treppe herunter und gab Norvell die Waffe.

»Behalt sie«, sagte sie kalt. »Sieht besser aus, wenn du sie hast. Übrigens gibt es in Belly Rave keine Polizei.«

Norvell schluckte. Die Waffe war erstaunlich schwer.

»Wo hast du das Ding her?«

»Das hatte ich immer schon«, sagte Virginia müde. »Er gehörte Tony, bevor er starb. Eine erste Lektion für dich: Hier kommt man nicht ohne Waffe aus.«

Alexandra kam mit glänzenden Augen heran.

»Du warst großartig«, hauchte sie. »Diese scheußlichen Kerle – weiß der Himmel, was mit mir passiert wäre, wenn nur Norvell –« Sie wollte ihrer Mutter einen Kuß geben. Virginia schob sie weg und starrte sie kalt an.

»Diesen Quatsch lassen wir in Zukunft, Missy«, sagte sie mit fremder, trockener Stimme. »Von jetzt an benimmst du dich normal zu mir – und zu Norvell auch. Verstanden? Wir können uns Lügen, Schwindeleien, Hinterlist und Temperamentsausbrüche nicht leisten. Das mußt du lernen, und zwar schnell. Beim ersten großen Ausrutscher verkaufe ich dich auf der Stelle.«

Alexandra starrte sie entsetzt an.

»Schwimmen oder untergehen«, sagte ihre Mutter ruhig. »Du bist jetzt in Belly Rave. Du erinnerst dich nicht, aber du wirst es lernen. Und jetzt raus hier. Wenn du nichts zu essen beschaffen kannst, mußt du hungern. Aber komm nicht zurück, bis die Sonne untergeht.«

Das Kind stand fassungslos da. Virginia packte sie bei den Schultern, schob sie zur Tür hinaus und warf sie hinter ihr zu.

Norvell starrte durch einen Spalt in den Brettern am zersprungenen Panoramafenster und sah Alexandra mit gesenktem Kopf weinend davongehen.

Er fragte Virginia – die neue Virginia – unsicher: »Was war das mit einem Verkauf?«

»Was ich gesagt habe. Ich verkaufe sie. Das ist einfach, man findet immer einen Fagin oder eine Madam für ein junges Mädchen. Ich weiß nicht, wie die Preise stehen. Als ich dreizehn war, habe ich fünfzig Dollar gebracht.«

Norvell, dem die Haare zu Berg standen, sagte: »Du?«

»Ich. Nicht Wilhelmina Snodgrass oder Zenobia Beaverbottom. Ich. Deine Frau. Ich hatte noch Glück – man verkaufte mich an einen Fagin, nicht in ein Bordell. Er hatte eine Teestube; ich half ihm, die Gäste auszurauben. Da lernte ich Tony kennen. Wenn du keine nutzlosen Fragen mehr hast, hilf mir beim Auspacken.«

Norvell half ihr mit schwindelnden Sinnen. Ohne Scham oder Ausrede hatte sie ihre Lebensgeschichte zerstört. Er hatte sich für schlau gehalten und sie sich aus ihren Andeutungen zusammengesetzt, so, wie er sie haben wollte.

Dabei war sie Taschendiebin in einem Rauschgiftladen gewesen, verkauft von ihren Eltern.

*

Es klopfte an der Tür.

»Wenn das Gör zurückkommt, bevor ich –« sagte Virginia scharf und riß die Tür auf. Sie kreischte.

Norvell entdeckte zu seiner großen Überraschung, daß er den Revolver in der Hand hatte. Er richtete ihn auf die riesige Gestalt mit den vorstehenden Zähnen.

Die Gestalt hob sofort die riesigen Hände über den kleinen Kopf mit der Haarmähne und sagte grinsend: »Nicht schießen, Mister. Ich bin harmlos. Ich weiß, hübsch bin ich nicht, aber harmlos. Wollte Ihnen nur helfen. Ihnen zeigen, wo Sie sich anmelden müssen und so. Heiße Shep. Bei mir geht es fair zu. Zeig' Ihnen die besten Stellen für Brennholz, mach' Sie auf die Banden aufmerksam. Hab' gehört, daß Sie ein kleines Mädel haben. Wenn Sie verkaufen wollen, mache ich Ihnen einen guten Preis. Wollen Sie in den Handel? Ich kann Sie mit einem bekanntmachen, der Ihnen Hanfsamen verkauft. Wenn Sie richtiges Geld haben, kenne ich einen Zuckerhändler und einen, der einen Destillierapparat vermietet. Ich bin einfach Shep, Mister. Ich versuch' so durchzukommen.«

»Halt ihn in Schach, Norvell«, sagte Virginia. »Shep, kommen Sie herein und setzen Sie sich. Was wollen Sie?«

»Überzählige Rationen«, sagte der Riese mit kindlichem Lächeln. »Bargeld, wenn ihr habt. Bin immer pleite, aber jetzt ist es ganz schlimm.« Er zeigte auf die Tür. »Seht ihr den Regen? Ich muß ihn fangen. Das ist das vordere Ende vom Regenbogen,

Mister. Sehen Sie? Ich muß es fangen, hab' es noch nie gesehen. Und um es zu fangen, brauche ich karmesinroten See. Anderes auch, aber vor allem den karmesinroten See. Sie sehen kein Karmesinrot, was? Auf der Leinwand sehen Sie auch kein Karmesinrot, aber es wird da sein – in der Unterschicht, und weil es da ist, werde ich den Topf voll Tränen haben, den gräßlichen, furchtbaren Regen über hunderttausend Trostlosigkeiten.«

Norvell ließ die Waffe sinken und sagte: »Sie malen.«

»Ich male. Und für fünfzig Dollar kann ich bekommen, was ich brauche, hab' also nur das Problem, wie ich an die fünfzig Dollar komme.«

»Bei Ihren Kräften könnten Sie sie leicht bekommen«, sagte Virginia.

Shep zuckte bedauernd die Achseln.

»Nicht so, wie Sie meinen, nicht mit Gewalt. Nicht, seitdem ich mit dem Malen angefangen habe. Man kann keine halbe Jungfrau sein. Also mach' ich Botengänge.« Er ließ die Hände sinken und blickte sie aus seinem Neanderthalerschädel an. »Irgendein Auftrag? Ich brauche die fünfzig, bevor der Regen aufhört.«

Virginia schien zu einem Entschluß zu kommen.

»Norvell, gib Shep fünfzig Dollar.« Er warf seiner Frau einen entsetzten Blick zu. Dann würden ihnen nur achtzehn Dollar und fünfundsechzig Cent bleiben. Sie sagte verächtlich: »Keine Sorge. Er haut nicht ab; in Belly Rave kann man sich nirgends lange verstecken.« Sie wandte sich Shep zu. »Sie arbeiten das Geld ab. Eine Woche harte Arbeit. Die Latrine ist vermutlich randvoll. Der Kamin scheint verstopft zu sein. Wir brauchen Brennholz. Das Haus muß überall ausgebessert werden. Außerdem kennt mein Mann sich nicht aus und kommt vielleicht in Schwierigkeiten. Passen Sie auf ihn auf?«

»Für fünfzig, klar!« strahlte er. »Soll ich auf die Kleine auch aufpassen?«

»Nein«, sagte sie kurz.

Der Riese nickte.

»Sie wissen, was Sie tun, Lady. Wird schwer für die Kleine. Kann ich die fünfzig jetzt haben? Es dauert zwei, drei Tage, bis ich alles besorgen kann. Zehn Dollar für den Jungen, der die Gänge macht. Ich darf den Regen nicht verpassen.«

Norvell zählte fünfzig Dollar ab und gab sie ihm.

»Okay!« sagte Shep dröhnend. »Wir erledigen das mit meinem karmesinroten See, dann wird angemeldet.«

Sie gingen durch den strömenden Regen zu einem halb zerfallenen Gebäude, das von einem zwölfjährigen Jungen mit spitzem Gesicht bewacht wurde. Shep sagte zu ihm: »Hab' eine Nachricht für Monmouth.«

Der Junge hob den Kopf und tönte klagend: »Wa-wa-wa-wa-wabbit!«

Norvell blinzelte. Kinder! Überall. Aus dem Nichts. Mit spitzen Gesichtern, scharfen Augen, aus dem Regen lautlos vor ihm auftauchend, als hätte das Wasser sie hervorgebracht.

»Wie beim letztenmal, aber auch mit karmesinrotem See. Kapiert?« sagte Shep.

Ein mageres Mädchen, ungefähr dreizehn, sagte kühl: »Quatsch wie beim letztenmal. Die Goddams haben sich mit den Göring-Grenadieren zusammengetan. Wird schwer werden, zur West Side durchzukommen.«

»Ich hab' es eilig, Lana«, sagte Shep. »Geht es oder geht es nicht?«

»Wer sagt, es geht nicht?« erwiderte sie ruhig. »Ich hab' gesagt, es wird schwer werden.«

»Ohne mich«, sagte der Zwölfjährige. »Sie wissen, daß ich den Bruder von Stinkfuß erledigt hab'. Außerdem –«

»Hör auf damit«, fuhr ihn Lana an. »Bleib hier. Mit dir red' ich, wenn ich wieder da bin.« Der Junge schlich davon. Lana rief den Kindern zu: »Brüder Wabbits, Achtung, Waffen vorzeigen!«

Scharfe Glasränder blitzten. Norvell schluckte, als er die abgeschlagenen Flaschen sah.

»Brav«, rief Shep und gab Lana die fünfzig Dollar.

»Wa-wa-wa-wa-Wabbits!« Sie tönte klagend, und die Kinder verschwanden spurlos im herabrauschenden Regen.

Norvell schluckte seine Fragen hinunter und stapfte durch die Fluten hinter Shep her. Soviel hatte er wenigstens schon gelernt.

Der Einwohnerbeauftragte wohnte in einem gewöhnlichen Haus, wie Norvell verblüfft feststellte. Er hatte erwartet, daß der Mann, der für die Unterhaltszuschüsse von Tausenden verantwortlich war, in einem G.M.L. wohnte; sein Rang billigte ihm auf jeden Fall eines zu. Es gab in ganz Belly Rave nur zwanzig Beauftragte.

Dann sah Norvell den Beauftragten; er war ein müder, alter Mann, der zu Norvell sagte: »Führen Sie Ihre Karten stets mit sich. Prägen Sie das auch Ihrer Frau und Ihrer Kleinen ein. Ersatz zu beschaffen ist sehr mühsam, und Sie müssen vielleicht eine Woche hungern, bis Sie Duplikate bekommen. Als Familienoberhaupt bekommen Sie dreifache Rationen, und die Frau bekommt eine extra. Ißt die Kleine viel?«

Norvell nickte.

»Na, dann bekommt sie eine Erwachsenenration. An Nahrung ist kein Mangel, weiß Gott. Mal sehen ... Sie melden sich jeweils am Mittwoch zwischen drei und fünf Uhr. Sie müssen sich daran halten, weil es hier sonst einen Ansturm gibt und zu den anderen Zeiten kein Mensch kommt. Ist das alles klar? Sie werden feststellen, daß es meistens besser ist, in Gruppen hier anzutreten. Shep kann Ihnen das erklären. Das – damit vermeidet man Ärger. Wir wollen hier keinen Ärger.« Er versuchte streng auszusehen. »Bitte, machen Sie in meinem Bezirk keinen Ärger. Es gibt noch neunzehn, nicht wahr?« Er blickte auf eine Liste und flüsterte etwas vor sich hin. »Ach ja. Ihre Rationskarten geben Ihnen Anspruch auf unüberdachte Plätze bei allen Vorstellungen und Galatagen, für die ganze Familie.« Norvells Herz drohte bei den Worten zu zerspringen. Den Rest nahm er nur undeutlich wahr. »Freie Fahrt – hoffentlich nutzen Sie das – hat keinen Zweck, daheimzubleiben und vor sich hinzubrüten – bißchen Blut reinigt die Luft – Tür immer offen –«

Draußen im Regen sagte Norvell zu Shep: »Ist das alles, was er macht?«

Shep sah ihn an.

»Gibt es sonst noch was?« Er drehte sich um. »Holen wir Brennholz.«

12

Mundin versuchte alles. Keine Norma Lavin. Verschwunden. Nach Ryans Anruf verlief sich die Spur.

Mundin ging natürlich zuerst zur Polizei, und als er erklärte, daß Norma Lavin aus Belly Rave sei, gab man sich Mühe, ihm nicht ins Gesicht zu lachen. Trotzdem schrieb man sich seinen Namen auf.

Mundin kaufte sich aber eine Pistole und stellte in Belly Rave seine eigenen Ermittlungen an. Viele Leute hatten Norma und ihren uralten Cadillac am Tag ihres Verschwindens gesehen. Aber danach nicht mehr.

Aus.

Es verging eine Woche, in der Mundin immer wieder zum Haus der Lavins fuhr, beladen mit Eßwaren. Ryan ging ihn auch um Geld an, um seiner Sucht zu frönen.

Don Lavin versank ohne seine Schwester in eine Art Katatonie. Ryan flehte Mundin an, irgend etwas zu versuchen, was es auch sei. Mundin versuchte es bei einem Arzt.

Der Arzt machte einen Besuch – und Don Lavin erholte sich auf wunderbare Weise, unterhielt sich freundlich mit dem Doktor. Der Arzt ging, mit einem zornigen Blick auf Mundin, und Don versank gleich danach wieder in seinen Dämmerzustand.

»Also, Ryan«, sagte Mundin bitter, »was nun?«

Ryan nahm die letzte Pille aus der Dose, schluckte sie und sagte Mundin, was nun komme.

Und Mundin suchte William Choate IV auf.

Das Büro vom armen Willie war ein bißchen kleiner als ein Flugplatz. Willie rannte durch den ganzen Saal, um den guten alten Charles zu umarmen.

»Mensch«, sagte er, »ich bin so froh, daß du mich besuchst! Sie haben mich hier untergebracht, als der alte Sterling starb. Das war früher sein Büro, weißt du. Als er starb, haben sie mich –«

»Verstehe«, sagte Mundin sanft. »Sie haben dich hier untergebracht.«

»Genau. Sag mal, Charles, gehen wir essen miteinander?«

»Vielleicht. Willie, ich brauche etwas Hilfe.«

Willie sagte mißbilligend: »Also, Charles, doch nicht etwa wegen einer Stellung, was? Mensch, das wäre mir aber sehr unangenehm.«

Na, dachte Mundin, man hat ihm immerhin eines einprägen können.

»Nein«, sagte er. »Ich brauche nur einen Rat. Ich möchte wissen, wann und wo die jährliche Aktionärsversammlung von G.M.L. stattfindet.«

»Das weiß ich doch nicht«, erwiderte Willie. »Muß das nicht irgendwo veröffentlicht werden? In einer Zeitung?«

»Ja, es muß in einer Zeitung veröffentlicht werden, Willie. Das Problem ist, die Zeitung zu finden. Im ganzen Land gibt es vielleicht fünfzigtausend Blätter, und das Gesetz schreibt nur vor, daß es in irgendeinem Blatt veröffentlicht werden muß – nicht einmal unbedingt in englischer Sprache.«

Willie sah ihn traurig an.

»Ich spreche nur Englisch, Charles«, sagte er.

»Ja, Willie. Warum fragst du nicht deine zuständige Abteilung?«

Willie nickte eifrig.

»Sicher, Charles. Gern.« Willie fragte sein Sprechgerät unsicher, ob sie eine Abteilung für Zeitschriftenschau hätten; das Gerät sagte ›Ja, Sir‹ und stellte die Verbindung her. Eine halbe Stunde später hustete das Gerät und teilte mit, daß die G.M.L.-Versammlung im ›Picayune-Intelligencer‹ von Lompoc in Kalifornien angekündigt sei. Zeit, übermorgen, Ort, Saal 2003 im Verwaltungsgebäude von Morristown, Long Island.

»O je«, sagte Willie zweifelnd, »ob sie da viele Leute hinbekommen?«

Am nächsten Morgen wartete Mundin an einem Zweidollar-Schalter der Börse von New York, als die Eröffnungsklingel schrillte.

Er überflog nervös die zerknitterten Anweisungen von Ryan, so verschwitzt und angespannt wie nur irgendeiner in der Masse der leidenschaftlichen Spekulanten rings um ihn, aber aus anderen Gründen.

Ryans Anweisungen waren vollständig und genau, bis auf eines: Sie verrieten nicht, woher die zweitausend Dollar kommen sollten, um sie auszuführen. Mundin fluchte leise vor sich hin, zuckte die Achseln und drückte hastig Nummer 145. Anaconda Kupfer. Er schob seine Marke hinein, klappte den Hebel herunter und riß sein Ticket ab. An 19 999 anderen Schaltern in der riesigen Halle taten 19 999 Anleger dasselbe. Und draußen auf der Straße drängten sich zehntausend Zuspätgekommene, murmelten vor sich hin und warteten darauf, an die Reihe zu kommen.

Der Aktienmarkt war in Bewegung.

Die riesige Tafel in der Mitte der Halle leuchtete und funkelte, schnell, dann langsam, und dann ganz langsam. Stillstand. Die Lichter erstarrten. Die Pari-Mutuell-Computer begannen zu summen.

Mundin richtete seinen Feldstecher auf 145, aber es fiel ihm schwer, die Nummer im Auge zu behalten. Seine Hände zitterten.

Der Gong ertönte, und die Zeile, die er beobachtete, flackerte: 145,3 gestiegen.

Die große Halle erbebte vom Lärm, in dem Mundins Schimpfsilbe nur ein Zwanzigtausendstel ausmachte. Miserable sechzig Cent Gewinn, ächzte er. Lohnte nicht einmal, bei der Kasse zur Auszahlung anzutreten.

Ein Makler, der vorbeikam, ein schmutziges Mitgliedsabzeichen am Rockaufschlag, sagte halblaut: »He, Freund – auf Metalle achten.«

»Hau ab, sonst laß ich dich festnehmen«, zischte Mundin. Er hatte keine Zeit für solche Tricks. Er betrachtete mit dem Fernglas die große Tafel und versuchte, aus der ersten Notierung des Tages etwas Sinn zu holen.

Industriepapiere waren durchschnittlich um vier Punkte gesunken, teilte ihm die Zusammenfassung mit. ›Schiene‹ – das bedeutete hauptsächlich Grundentwicklung für Fabriken – drei Punkte gestiegen. Chemie acht Punkte gestiegen.

Mundin rechnete. Das hieß, daß die Anleger die Finger von der Chemie lassen würden, weil sie sich sagten, daß wegen des Anstiegs alle auf Chemie umsteigen würden – bis auf die Anleger, die Chemie nehmen würden, weil sie sich ausrechneten, daß alle auf Chemie verzichten würden, weil sie sich ausrechneten, daß alle auf Chemie umsteigen würden. Wegen des Anstiegs.

Warnklingel dreißig Sekunden!

»Freund«, sagte der Makler drängend, »achten Sie auf Metalle!«

»Scher dich zum Teufel«, sagte Mundin heiser. Seine Finger über den Knöpfen zitterten. Er drückte wieder ›Anaconda‹, kaufte fünf Tickets, verfluchte sich und wartete.

Als er das große Stöhnen hörte, öffnete er endlich die Augen und richtete das Glas auf die Tafel.

›145, auf 15‹

»Merken Sie sich, wer's Ihnen gesagt hat«, meinte der Makler.

Mundin gab ihm einen Dollar. Schließlich brauchte er ja zwei Hände dazu . . .

»Danke, Freund«, sagte der Makler. »Sie machen es richtig. Hören Sie, nicht umsteigen. Noch nicht. Ich sag' Ihnen, wann. Das hier sind Vormittags-Leute – noch dazu an einem Dienstag. Keine verrückte, hysterische Montagsmorgen-Masse, die schnell antritt und schnell kassieren will. Schauen Sie sich um. Kleine Leute, die sich einen Tag freinehmen. Familienväter, die überlegen und aufpassen – meinen sie. Schlau und klein. Ich verfolg' das seit zwanzig Jahren. Nicht umsteigen.«

Charles stieg nicht um.

Er gab dem Makler immer wieder ein paar Dollar – der Mann war entweder ein Glückspilz oder an diesem Tag ein Genie. Bis Mittag besaß Charles ein reichhaltiges Paket Metall-Aktien mit einem Einlösewert von vierhundertachtzig Dollar.

»So«, sagte der Makler heiser. Er hatte sich Charles' Fernglas ausgeborgt, um die Menge zu betrachten. »Sehen Sie? Manche gehen schon. Andere wickeln ihre Brot aus. Jetzt läßt die Vorsicht nach. Ich kenn' sie seit zwanzig Jahren. Jetzt machen sie das Dumme, Naheliegende, weil sie Hunger haben, und ein Hungriger ist nicht schlau. Ich fühl' das, Mister, wie ich es noch nie gefühlt hab'. Auf Baisse, zwanzig Punkte. Mensch, wenn ich bloß den Nerv hätte, dreißig zu sagen!«

Zwei Minuten später hämmerte er auf Charles' Rücken herum und schrie: »Geschafft, Kumpel! Wir haben es geschafft!«

Metalle waren gefallen – achtunddreißig Punkte. Charles, inzwischen von eisiger Ruhe, gab ihm fünf Dollar. Schritt Eins von Ryans Anweisungen; einen Grundstock schaffen. Das hatte er getan.

Er drehte die Wählscheibe auf den Fünfhundertdollar-Bereich.

»Geben Sie mir einen Gewinner«, sagte er.

Der Makler begann zu stottern.

»Ich muß«, sagte Charles. »Das dauert zu lange. Ich habe es eilig.«

Der Makler stammelte: »Festtreibstoffe müßten jetzt steigen – aber – aber – bitte, Freund, nehmen Sie zweihundertfünfzig. Einmal auf Festtreibstoffe und einmal auf – auf –« Er richtete das Glas auf die Tafel. »Blech hat den ganzen Tag geschlafen«, murmelte er. »Ein Dienstag-Haufen läßt die Hände von Blech, aber nach dem Sturz bei Metall –« Er sagte langsam: »Kaufen Sie Festtreibstoffe und Blech.«

Um zwei Uhr nachmittags hatte Charles einen Barerlöswert von 2300 Dollar, und die Taschen des Maklers waren voll Kleingeld. Er sprach halblaut mit sich selbst.

»Okay«, sagte Charles plötzlich. »Jetzt will ich einen Anteil von G.M.L.«

Der Makler blinzelte.

»Von der alten 333? Nein, das geht nicht.«

»Doch, das geht. Ich will ihn haben.«

Der Makler schüttelte den Kopf.

»Freund, Sie verstehen nicht«, sagte er vernünftig. »Sie sind neu hier; ich bin seit zwanzig Jahren da. Die haben einen Anleger, verstehen Sie? Den ganzen Tag lang drückt er nur 333. Ich kenne ihn gut. Da drüben ist er, dritter Rang, zweiter Gang. Wie Stahl und A & P – die gehen auch nicht das Risiko ein, daß jemand Aktien an sich bringt.«

»Ich will es aber«, sagte Mundin.

Der Makler sagte entsetzt: »Freund, haben Sie für einen Tag noch nicht genug verdient? Los, kommen Sie, trinken wir einen; ich lade Sie ein. Wenn Sie sich mit den großen Leuten einlassen, kriegen Sie eins übergezogen. Wie bei G.M.L. Wenn Sie versuchen, eine Aktie zu erwerben, geht es Ihnen schlecht. Unbegrenzte Einsätze, verstehen Sie, un-be-grenzt. Die sind da. Bei jeder Kursbewegung, den ganzen Tag, steht seine Kauforder. Er setzt zehntausend Dollar, weit über dem Realwert. Wenn Sie eine Schnapsidee haben und mehr als zehntausend bieten, bekommen Sie den Anteil, sicher. Was passiert bei der nächsten Bewegung? Er geht vielleicht auf Baisse. Oder er wartet. Aber früher oder später tut er es, und Sie werden zerquetscht. Wissen Sie, wie es heißt: Wer verkauft, was nicht sein, der muß ins Gefängnis rein. Und das ist schon vielen passiert, wenn sie nicht zurückkaufen konnten.«

»Wie ist der Pariwert von G.M.L.?« fragte Mundin.

»Zweitausend. Aber davon können Sie nicht ausgehen, kapiert? Er hat bei jeder Bewegung eine Kauforder stehen.«

Charles machte sich daran, den Makler zu dem zu überreden, was Ryan geplant hatte. Zwei Kursbewegungen gingen vorbei, während Charles flehte und drohte und bestach.

Schließlich wankte der Makler zitternd zum dritten Rang, zweiter Gang. Mundin verfolgte ihn mit dem Fernglas.

Es klappte. Mundin sah schwitzend durch das Glas die Begrüßung, den Stoß, die wortlose Antwort, den Ausbruch der hitzigen Auseinandersetzung. Der G.M.L.-Anleger war ein kleiner, älterer, dicker Mann. Der Makler war auch klein, aber schlank und drahtig.

Der Kampf brach aus, als die Warnglocke läutete. Charles löste den Blick von den Raufenden und gab seine 250-Dollar-Tickets auf 333 ein.

Eine Order und kein Angebot stellten nach den elektronischen Maßstäben der Börsen-Computer keinen Handel dar. Wie schon den ganzen Tag verkündete die Tafel: ›333, unverändert‹.

Eine Order, kein Angebot. Das bedeutete schnellen Verdienst – den Unterschied zwischen Order und dem Pariwert. Ein Anleger neben Charles sah ihn achtungsvoll an und sagte: »Was gefällt Ihnen bei Chemie, Freund?«

Mundin beachtete ihn nicht. Er verließ beinahe bedauernd seinen Platz und fuhr mit der Rolltreppe zu den Kassenschaltern mit der Aufschrift: ›Industrie – 1000 Dollar und darüber‹ hinauf.

»Zweitausend Dollar«, sagte der gelangweilte Angestellte nach einem Blick auf die Tickets, auf seine Miniatur-Nachbildung der Tafel, wo ›unverändert‹ stand. Er begann Hundertdollarscheine abzuzählen.

»Ich verlange das Papier«, sagte Mundin mit starren Lippen.

»Okay, Mister – äh –« Der Angestellte begriff plötzlich. »Die alte 333! Wie haben Sie das gemacht?«

»Ich verlange das Papier«, sagte Charles störrisch. »Zweitausend Dollar Pariwert. Los.«

Der Angestellte zuckte die Achseln und tippte auf seiner Tastatur. Augenblicke danach flatterte eine Aktie von G.M.L. aus einem Schlitz. Der Angestellte trug Mundins Namen und Anschrift ein und registrierte die Angaben.

»Das geht sofort an den Vorstand?« fragte der Anwalt.

»Automatisch«, sagte der Angestellte. »Steht jetzt schon dort in den Unterlagen. Sagen Sie, Mister, wenn Sie mir vielleicht verraten würden, wie Sie das gemacht haben –« Er war viel zu freundlich, und Charles sah in seinem Ohr den kleinen Stöpsel eines Privatempfängers. Durchaus möglich, daß er hingehalten wurde.

Er hetzte in die Menge und war in Sekundenschnelle verschwunden.

Die beiden Risiken hatten sich gelohnt, dachte Mundin, unterwegs nach draußen, nach Belly Rave. Mit der einen Aktie hatte er Anspruch auf einen Sitz in der jährlichen Aktionärsversammlung.

Jetzt würde das eigentliche Glücksspiel beginnen.

Mundin pfiff einem Taxi. Hinter ihm wurde es unruhig, aber

das Taxi kam, bevor er mehr als einen kurzen Blick auf das Durcheinander werfen konnte, nicht Zeit genug, um zu bemerken, daß der Mann, der da am hellichten Tag von drei Schlägern zusammengedroschen wurde, ein kleiner, drahtiger Mann mit einem Mitgliedsabzeichen am Rockaufschlag war.

13

»Wird bald Mittag«, sagte Shep. »Suchen wir uns ein Restaurant.«

»Ein Restaurant?« Norvie Bligh kicherte. Er folgte Shep durch die schmutzige, mit Abfall übersäte Straße und staunte. In einer Woche glaubte er, etwas über Belly Rave erfahren zu haben – aber Restaurants hatte er keine gesehen.

Es war ein ganz gewöhnliches Haus, zu dem Shep ihn führte. Eine keuchende, alte Frau schlich im Wohnzimmer herum. Im Herd brannte ein Feuer, im schwarzen Kessel kochte Wasser. Restaurant?

Shep nahm zwei Rationen aus der Tasche. Er schien immer ein Dutzend bei sich zu haben. Zu essen gab es genug.

Shep riß die Plastikbox mit dem Daumennagel auf, und Norvell folgte ungeschickt seinem Beispiel. Verschiedenes fiel heraus. Shep warf einen der unappetitlichen kleinen Würfel der Frau hin.

Sie fing ihn auf und schlang ihn hinunter.

»Geschäft geht nicht gut?« fragte Shep beiläufig. Seine Stimme klang verächtlich.

Sie funkelte ihn wortlos an. Sie schöpfte Wasser aus dem Kessel und schüttete es in seine Rationsschachtel. Sie klappte einen kleinen Umschlag auf und streute dunkles Pulver auf das Wasser.

Kaffee! Der magische Geruch erweckte in Norvell plötzlich Heißhunger. Er gab der alten Frau einen Würfel aus seiner Box, bekam Wasser, machte seinen Kaffee und untersuchte gierig, was sich sonst in der Box befunden hatte.

Kekse. Eine Dose Fleischpaste. Ein großer Würfel gepreßtes Gemüse. Bonbons. Zigaretten. Eine solche Zusammensetzung hatte er noch nicht erlebt; die Fleischpaste war stark gewürzt und salzig, schmeckte aber gut.

Shep sah ihm zu und seufzte schließlich.

»Wenn Sie jede Mahlzeit zehntausendmal gegessen haben – na, ich will Ihnen nicht den Mut nehmen.«

Draußen fragte Norvell schüchtern, wovon die alte Frau nun eigentlich lebte.

»Ganz einfach«, sagte Shep. »Sie bekommt ihre Rationen und tauscht sie gegen Brennholz. Damit macht sie Wasser heiß – für Kaffee, Brühe, Tee oder was auch immer. Das Wasser tauscht sie gegen Rationen. Sie hofft, daß sie eines Tages einen Profit erzielt. Ist ihr noch nie gelungen.«

»Aber warum denn das?«

»Das ist nicht bös gemeint, aber man sieht, daß Sie ein Neuling sind, Bligh«, meinte er schließlich. »Warum macht sie das? Weil sie sich dabei wie ein menschliches Wesen vorkommt.«

»Aber –«

»Aber gar nichts. Sie kommt sich so vor, als könne sie über ihr Schicksal selbst bestimmen. Es ist schwer, in Belly Rave zu verhungern, aber in einer schlechten Woche schafft sie es fast. Sie hält sich für einen Rockefeller im Kleinen. Sie setzt ihr Kapital aufs Spiel, um Gewinn zu erzielen. Das tut sie auch wirklich! Was ist schon, wenn sie dauernd verliert? Sie tut wenigstens etwas – sie sitzt nicht einfach da und wartet darauf, daß der Rationstag kommt. Sie haben von der Hölle gehört?«

Norvell nickte. Wie fast alle anderen Menschen gehörte er der Reformierten Rationalistischen Kirche des Unfertigen Prinzips an, aber in Predigten war hier und da von der Hölle gesprochen worden.

»Wenn das stimmt, was einer mal gesagt hat: Die Hölle, das ist der ewige Feiertag – dann ist sie das. Belly Rave, Mister. Belly Rave.«

Norvell nickte wieder. Es war verständlich; er konnte verstehen, daß es einem nach der zehntausendsten immer gleichen Mahlzeit so vorkommen mußte. Die alte Frau würde einfach alles probieren. Jeder würde alles versuchen.

Das lieferte ihm einen Schlüssel für das Rätsel Shep.

»Sie hat also ihr Restaurant, Sie haben Ihre Kunst –«

Der Riese drehte sich um, hob ihn an den Rockaufschlägen hoch und schüttelte ihn wie eine kleine Katze.

»Du kleiner Gauner«, knurrte Shep. »Du Narr. Was weißt du denn schon? Hör zu, Halunke! Wenn du jemals sagst oder andeutest, daß ich nur herumpinsle, um mir die Zeit zu vertreiben, brech' ich dich auseinander!« Er knallte Norvell so hart auf das Pflaster, daß seine Fußsohlen wehtaten; er funkelte Norvell an, die Fäuste in die Hüften gestemmt.

Seltsamerweise hatte Norvell keine Angst. Intuitiv begriff er plötzlich, daß er das Unaussprechliche gesagt hatte.

Er brachte es fertig, ganz ehrlich zu sagen: »Es tut mir leid, Shep.«

Seine Knie zitterten und sein Herz hämmerte, aber das lag nur am Adrenalin. Er wußte, was diesen friedlichen Giganten in Wut gebracht hatte: unaufhörlicher, gnadenloser, nagender Zweifel an sich selbst. Wo Müßiggang Zwang ist, wie unterscheidet man da den glühenden Antrieb, schöpferisch zu sein, von seinem sterilen Zwilling, dem ›Herumpfuschen‹? Man kann es nicht. Die Nachwelt kann es; aber nur die Nachwelt. Und man erfährt es nicht mehr. Der Selbstzweifel bleibt für immer ungeklärt, immer wieder unterdrückt, immer wieder emportauchend.

»Ich werde das nie wieder sagen«, erklärte Norvell. »Ich werde es nicht einmal denken. Nicht, weil Sie mir Angst gemacht haben, sondern weil ich weiß, daß es nicht stimmt.« Er zögerte. »Ich – ich habe mich selbst einmal für eine Art Künstler gehalten. Ich weiß, was Sie durchmachen.«

»Bligh«, knurrte Shep, »Sie erfahren erst langsam, was Sie durchmachen – aber es tut mir leid, daß ich explodiert bin.«

»Schon gut.« Sie gingen weiter.

»Hier besorgen wir wieder etwas«, sagte Shep schließlich. Es war eine der unvermeidlichen Panoramafenster-Ruinen mit gemauertem Kamin, aber mit umzäuntem Grundstück. Das Tor war mit einem Schloß abgesperrt. Shep trat es einfach nieder, daß die Scharniere herausbrachen.

»He!« sagte Norvell.

»Wir machen das nach meiner Methode. He, Stearns!«

Stearns war ein grimmiger, grauer Mann. Er schlängelte sich zwischen Stapeln von Plastikarmaturen, Dachrinnen und dergleichen durch.

»Hallo, Shep«, sagte er tonlos. »Was willst du?«

»Ich habe mein Notizbuch nicht dabei, aber ich erinnere mich auch so genau«, gab Shep zurück. »Du hast Material geklaut, das sich Freunde von mir ganz legitim auf dem Schwarzen Markt besorgt hatten. Ich will es wiederhaben. Mit Zinsen.«

»Noch immer der große Beschützer, Shep?« zischte der Mann bösartig. »Wenn du Verstand hättest, würdest du bei mir mitmachen.«

»Ich arbeite für niemanden, Stearns. Ich tue Freunden einen Gefallen, und umgekehrt. Heraus mit deinem Gespann, du Industriegigant.«

Shep, der auf die Beleidigung selbst so heftig reagiert hatte, scheute sich nicht, sie bei anderen zu gebrauchen. Mit dem gleichen Ergebnis.

Stearns' Gesicht wurde fahl vor Wut, und Norvell wußte, was kommen würde – wenn er nicht schnell handelte.

»Stearns!« schrie er und riß den Revolver heraus, den ihm Virginia gegeben hatte. Stearns' Hand erstarrte an seinem Rockaufschlag und sank langsam herunter.

Shep warf Norvell von der Seite einen anerkennenden Blick zu.

»Heraus mit dem Gespann, Stearns«, befahl er.

Stearns löste den Blick nicht von Norvells Waffe.

»Chris! Willie!« rief er. »Holt den Wagen.«

Es war ein zweirädriges Pritschenfahrzeug, gezogen von einem halbverhungert aussehenden Halbwüchsigen, während ein zweiter hinten an einem Gurt schob. Shep ging mit Stearns herum und befahl ihm, dies und jenes vom Baumaterial aufzuheben und auf den Wagen zu legen. Er füllte das Fahrzeug, legte obenauf Pickel und Schaufel aus einem Werkzeugschuppen und sagte zu Chris und Willie: »Los, Jungs. Es ist nicht weit.«

Norvell steckte seine Waffe erst ein, als sie drei Straßen weiter waren.

Unterwegs hielten sie zweimal an und lieferten einen Teil der Ladung bei überschwenglich dankbaren Bürgern ab, die schon geglaubt hatten, ihr Eigentum nie wiederzusehen.

Dann zogen die Jungen den Wagen zu Norvells Haus, luden das Brennholz und Baumaterial ab und stapelten es sorgfältig im Wohnzimmer.

Virginia sah sich alles prüfend an und sagte: »Keine Teerpappe, kein Linoleum und dergleichen?«

Shep lachte laut.

»Auch keine Diamanten«, sagte er. »Glauben Sie, Ihr Dach ist als einziges undicht? Sie haben Glück – Sie verfügen über zwei ausgebaute Geschosse. Das obere kann ruhig naß werden. Hier unten kommt ihr gut zurecht.«

»Quatsch«, sagte sie. »Wenn Sie keine Teerpappe bekommen, finden Sie was anderes statt Schindeln. Blech, zum Beispiel.«

»Oder ein G.M.L.-Dach«, meinte Shep säuerlich, machte sich aber eine Notiz. Er warf den beiden Jungen Rationen hin. Sie griffen danach und zogen ab. »Sonst noch etwas?« fragte er.

»Ach, ich glaube nicht«, erwiderte Virginia. »Wollen Sie was trinken?«

Norvell trank aus Höflichkeit einen Schluck aus der Flasche – eine Art Apfelsaft mit vierzigprozentigem Alkohol. Bier schien es in Belly Rave nicht zu geben.

Shep und Virginia unterhielten sich. Norvell dachte nach, hatte plötzlich einen Einfall und rief aufgeregt: »Virginia! Wie wär's mit einem Garten? Zwei Obstbäume – Orangen, vielleicht. Ein paar Beete –«

Virginia lachte unmäßig. Sogar Shep schmunzelte.

»Hier wachsen keine Orangenbäume, mein Lieber«, sagte sie. »Und sonst auch nichts. Unter der dünnen Humusschicht ist Sand.«

Norvell seufzte.

»Irgend etwas muß man doch tun können.«

»Sie können Ihre Bude streichen, wenn Sie so ehrgeizig sind«, schlug Shep vor. »Ich weiß, wo man Farbe kriegt.«

Norvell setzte sich interessiert auf. Er griff nach der Flasche und trank einen kleinen Schluck.

»Malen? Warum nicht? Soll wenigstens anständig aussehen.«

»Kommt darauf an«, sagte Shep achselzuckend. »Wenn Sie ein Geschäft anfangen wollen, ja. Ansonsten ist es auch ein Risiko. Man lenkt die Aufmerksamkeit auf sich.«

»Sie meinen Räuber?« sagte Norvell betroffen.

Virginia hob die Flasche an den Mund.

»Quatsch«, sagte sie. »Nichts wird gestrichen.«

Norvell starrte vor sich hin.

»– bin ganz gut zurechtgekommen, heute«, erklärte Shep nach einer Weile. »Stearns hat mir Schwierigkeiten gemacht, und wenn Norvie ihm nicht den Revolver gezeigt hätte, wär' es gar nicht so leicht gewesen.«

Virginia sah ihren Mann forschend an, sagte aber nur: »Paß lieber gut auf die Waffe auf. Alexandra wollte heute mit meinem Küchenmesser verschwinden.«

»Wie?« entfuhr es Norvell.

»Genau. Sie hat eine große Szene gemacht«, berichtete ihre Mutter beinahe bewundernd. »Sie macht bei den Göring-Grenadieren mit, und die haben offenbar Messer und Pistolen. Sie blicken verächtlich auf die Wabbits mit ihren zerbrochenen Flaschen herab.«

Norvie trank wieder einen Schluck.

»Muß sie das denn?« fragte er unsicher.

»Wenn sie am Leben bleiben will, ja«, sagte Shep grimmig. »Machen Sie sich nichts vor, Norvie, ja? Wir sind in Belly Rave. Nicht in einem vornehmen Internat. Hier ist dauernd Galatag, aber ohne Regeln.«

»Sind Sie schon einmal bei einem Galatag gewesen?« fragte Norvell neugierig.

»Nein, nur unter der Woche.«

»Das müßten Sie mal tun, Shep. Da ist wirklich was verdient. Und gar nicht so gefährlich, wenn man aufpaßt. Speerträger in Spillanes Inferno, etwa. Ganz sichere Sache. Und vom Künstlerischen her –«

»Quatsch«, sagte Shep. »Nichts mehr für mich. Ich war dort und hab' die armen Kerle gestochen, die vom Drahtseil kippen, bevor sie die Blondine erreichen. War selbst schon auf dem Drahtseil. Einmal.« Er griff nach der Flasche. »Sie hat mich mit allen acht Schüssen verfehlt. Mit dem ersten hab' ich ihr den Oberschenkel zerschossen. Und dann die Waffe fallen lassen.« Er trank. »Bin ausgebuht worden. Die Killerprämie hab' ich nicht bekommen. Auch nicht die Prämie für Bauch und Nabel. Wollte ich nicht. Ich wollte nur ein paar Pinsel, etwas Leinwand, ein paar Graphitstifte und Farben. Hab' ich bekommen, Bligh, und ich bin dahintergekommen, daß ich damit nicht umgehen konnte. Sechs gottverdammte Monate lang. Dann konnte ich ein halbes Jahr lang nichts malen als ihr Gesicht, als das Geschoß ihren Oberschenkel durchschlug und sie vom Trapez stürzte.«

»Oh«, sagte Norvell. Er stand schwankend auf. »Ich – ich glaube, ich brauche frische Luft. Entschuldigt mich.«

»Gewiß«, sagte Virginia, ohne ihn auch nur anzusehen. Als Norvell hinausging, hörte er sie fragen: »Shep, sagen Sie, war sie hübsch – die Blondine, die Sie abgeschossen haben?«

14

Mundin kam am späten Nachmittag nach Belly Rave, die Aktie von G.M.L. in einer Tasche.

»Ah«, sagte Ryan triumphierend. »Eine Stimme bei der Versammlung. Morgen findet sie statt. Und Anstiftung zur Körperverletzung. Ein guter Tag, Herr Rechtsanwalt.«

»Das hoffe ich«, meinte Mundin. »Hoffentlich reicht die Aktie, um Zutritt zu bekommen. Wenn sie nun nicht eingetragen ist oder Einspruch erhoben wird?«

»Das geht nicht«, sagte Ryan gelassen. »*Id certum est quid reddi potest.*«

»O ja, gewiß«, schnaubte Mundin. »Aber *affirmantis est probatio*, wissen Sie.«

Ryan blinzelte und grinste.

»Eins zu Null für Sie«, sagte er freundlich. »Mensch, Mundin, Sie können nichts tun als hingehen. Die Aktie ist Ihre Eintrittskarte. Wenn man Sie nicht reinläßt, müssen wir uns etwas anderes einfallen lassen, das ist alles.«

»Bis jetzt hatten Sie immerhin recht«, meinte Mundin zweifelnd. Er stand auf und ging durch das Zimmer, wobei er über Don Lavins Füße stolperte. »Verzeihung«, sagte er und gab sich Mühe, nicht in die starren, glänzenden Augen zu blicken. Don war ihm unheimlich. Und was Don Lavin zugestoßen war, mochte früher oder später auch ihm passieren.

»Nichts Neues von Norma, nehme ich an?« sagte er.

Ryan schüttelte den Kopf.

»Die machen keinen Fehler, Mundin. Sie müssen sie morgen loseisen. Würde gerne mitkommen –«

»Oh, gern«, sagte Mundin. »Sehr gern. Morristown wird Ihnen gefallen; es ist ganz wie Belly Rave.«

»Ich würde die Fahrt nicht überstehen. Sie müssen das allein schaffen, Mundin. Ich vertraue auf Sie, mein Junge. Behalten Sie Ihren kühlen Kopf, und denken Sie an das Wesen eines großen Privatkonzerns.«

»Eine juristische Person«, sagte Mundin.

»Nein, mein Junge. Vergessen Sie das. Denken Sie an einen orientalischen Hof. An ein Schlachtfeld, an eine Regierung, an ein Pokerspiel, das nie aufhört. Das Wesen eines Konzerns ist der geheime Fluß der Macht, der diesen Mann emporträgt, jene Gruppe niederreißt. Gegen Macht kommt man nicht an, aber man kann sie steuern.« Er griff nach seinen Pillen. »Sie kommen schon zurecht. Jetzt müssen Sie verschwinden. Einfach untertauchen. Lassen Sie sich bis zu der Versammlung nirgends sehen. An Ihrer Stelle würde ich weder Büro noch Wohnung aufsuchen.« Er warf einen Blick auf Don Lavin, und Mundin fröstelte.

»Soll ich etwa hierbleiben?« fragte er.

»Ganz egal. Nur nirgends auftauchen.«

Mundin schaute auf die Uhr. Vierundzwanzig Stunden.

»Ich gehe«, sagte er. »Ich weiß nicht, ob wir uns vor der Versammlung noch sehen.« Er verabschiedete sich von Don Lavin, der ihn gar nicht wahrnahm, und wanderte in der Abenddämmerung durch Belly Rave. Bis zur Dunkelheit war das ungefährlich. Er kam zur Sammelstelle der ›Unterhaltungs-GmbH‹, wo eine Menschenmenge wartete.

»Mr. Mundin!« rief eine Stimme. »He, Mr. Mundin!«

Er drehte sich um und wollte weglaufen, aber es war nur – wie hieß er gleich – Norvell Bligh, richtig! Der Mandant, den Dworcas geschickt hatte. Aber wie er aussah: völlig abgerissen!

Dann fiel es Mundin ein: Bligh hatte seinen Vertrag aufgegeben, einen Job bei ›Unterhaltung für alle‹ – und nun stand er ausgerechnet hier!

Der kleine Mann lief japsend auf Mundin zu und schüttelte ihm die Hand. Seine Augen waren feucht.

»Mr. Mundin, mein Gott, wie schön, endlich mal ein freundliches Gesicht zu sehen! Haben Sie – suchen Sie vielleicht mich?«

»Nein, Mr. Bligh.«

Bligh machte ein langes Gesicht. Fast unhörbar sagte er: »Oh. Ich – äh – dachte, Sie hätten vielleicht eine Nachricht für mich – als mein Anwalt – vielleicht von der Firma ... Aber das kann natürlich nicht sein.«

»Nein«, sagte Mundin leise. Er schaute sich um. »Können wir hier irgendwo einen Schluck trinken?«

»Ob wir –?« Mundin glaubte schon, der kleine Mann wolle anfangen zu weinen. »Mein Gott, Mr. Mundin, was ich in der einen Woche gesehen habe, die ich hier bin –« Er schaute sich ebenfalls um und führte Mundin einen halben Straßenzug weit zu einem Haus, wo er an die Tür klopfte.

»Shep schickt mich«, sagte er zu der hageren Frau am Guckfenster.

Im Inneren stank es nach Alkohol. Sie saßen an Bohlentischen, und Mundin sah durch den Vorhangspalt Kupferrohre und Kessel. Sie waren um diese Zeit die einzigen Gäste.

»Saft? Majun? Gras? Gin?«

»Gin, bitte«, sagte Mundin hastig.

Es war eine kleine Flasche, die fünfzig Cent kostete. Mundin trank und hatte das Gefühl, als habe er einen Hammerschlag auf den Hinterkopf bekommen.

Heiser fragte er: »Wie ist es Ihnen ergangen?«

Bligh schüttelte den Kopf. Er hatte Tränen in den Augen.

»Fragen Sie mich nicht«, sagte er bitter. »Es war die Hölle, jeden Tag, ohne Ende. Wie es mir ergangen ist? Es könnte nicht schlimmer sein, Mr. Mundin. Ich –« Er verstummte und richtete sich auf. »Verzeihung«, sagte er. »Ich trinke schon den ganzen Nachmittag und bin das nicht gewöhnt.«

»Schon gut«, sagte Mundin.

Bligh packte ihn plötzlich am Ärmel.

»Hören Sie, Mr. Mundin, Sie können mir helfen. Bitte. Sie müssen doch irgend etwas haben. Ein großer Anwalt wie Sie – Sie müssen etwas haben! Ich erwarte keinen Vertrag und kein G.M.L. Das habe ich gehabt; ich war ein Narr und habe es weggeworfen. Aber es muß doch irgendeine Beschäftigung geben, irgend etwas, damit ich aus Belly Rave herauskomme, bevor ich zugrundegehe –«

Mundin dachte an sich und den armen Willie Choate IV, sagte aber scharf: »Nein! Ich kann nicht, Bligh. Ich habe nichts zu vergeben.«

»Nichts?« rief Norvell. »Nichts, was ich hier für Sie tun kann, Mr. Mundin? Verlangen Sie etwas. Ich kenne mich aus. Verlangen Sie etwas!«

Es war ein neuer Gedanke.

»Hm – hm, da wäre vielleicht tatsächlich etwas«, sagte Mundin zögernd. »Ich versuche, eine – äh – Bekannte hier in Belly Rave aufzufinden. Ein Mädchen namens Norma Lavin. Wenn Sie glauben, daß Sie mir helfen können, sie zu finden –«

Bligh sah ihn ausdruckslos an.

»Ich soll ein Mädchen für Sie suchen?«

»Eine Klientin, Bligh.«

Bligh sagte achselzuckend: »Sicher, Mr. Mundin. Das kann ich bestimmt. Ich habe Freunde – Beziehungen – überlassen Sie das nur mir. Wollen Sie mitkommen? Ich kann gleich anfangen. Ich habe in einer Woche viel gelernt; ich kenne mich aus.«

Mundin zögerte. Warum nicht? Er mußte ohnehin untertauchen. Zumindest bis zur Aktionärsversammlung . . .

»Gewiß«, sagte er. »Gehen wir.«

Zuerst glaubte Mundin, der kleine Mann habe den Verstand verloren.

Bligh führte ihn durch das Dämmerlicht zu einem leeren Grundstück, legte die Hände an den Mund und rief klagend: »Wa-wa-wa-wa-Wabbits!«

Mundin riß die Augen auf und sagte: »Was –?«

Bligh legte den Finger an die Lippen.

Sie warteten. Zwei Minuten; fünf Minuten. Dann tauchte eine kleine Gestalt auf.

»Wer will was von den Wabbits?« fragte sie argwöhnisch.

Bligh stellte Mundin stolz vor.

»Dieser Herr sucht eine junge Dame –«

»Quatsch! Bei uns gibt es –«

»Nein, nein! Eine ganz bestimmte junge Dame. Sie ist verschwunden.«

»Sie heißt Norma Lavin«, fügte Mundin hinzu. »Verschwunden seit einer Woche. Gewohnt hat sie 37598 Willowdale Crescent. Sie fuhr einen alten Cadillac.«

»Hm. GG-Gebiet ist das«, sagte die schrille junge Stimme. »Wir haben aber einen Grenadier als Gefangenen. Was schaut für die Wabbits dabei raus?«

»Zehn Dollar«, flüsterte Bligh Mundin zu.

»Zehn Dollar«, sagte Mundin.

»Anzahlung?«

»Klar.«

»Kommt mit.« Sie wurden eine Meile durch Belly Rave geführt. Einmal tauchte eine große Gestalt aus dem Halbdunkel auf, aber das Kind fauchte: »Weg da. Wabbits«, zeigte eine Flasche mit abgebrochenem Hals, und die Gestalt tauchte weg.

Sie liefen weiter. Dann ein rhythmischer Gesang aus einer Nebenstraße, bedrohlich anschwellend: »God-dam! God-dam! God-dam . . .«

»Hier rein!« sagte der Wabbit schrill und huschte in ein dunkles Haus. Ein erschrockenes altes Paar vor einem kalten Ofen hob kurz die Köpfe und sah dann zur Seite. »Streife«, sagte der Wabbit zu Mundin. »Das ist Goddam-Gebiet.«

Sie schauten durch Risse in den verzogenen Brettern hinaus. Die Goddams kamen singend vorbei, an die fünfzig, Keulenschwingend. Manche trugen Fackeln; ein schlaksiger Junge an der Spitze des Zuges trug eine lange Stange, geschmückt mit – mit –

Mundin schrie auf und bedeckte die Augen.

Man beachtete ihn nicht.

»Keine Streife«, murmelte der Wabbit. »Die sind auf dem Kriegspfad.«

Mundin sagte gepreßt: »Mein Gott, er trug –«

»Ruhig«, zischte das Kind. »Da kommt noch eine Nachhut.«

Sie kam. Man konnte sie kaum sehen. Schwarze Kleidung, Arme und Gesicht rußgeschwärzt.

»Jetzt«, sagte der Wabbit endlich, und sie schlichen hinaus. Das alte Paar sah ihnen nicht nach.

Sie sprangen in ein Haus, das wie viele andere war, aber voller blasser, scharfäugiger Kinder von acht bis dreizehn Jahren.

»Wer sind die?« fragte ein Mädchen den Wabbit.

»Hallo, Lana«, sagte Bligh schüchtern. Sie sah ihn vernichtend an und wandte sich wieder ihrem Führer zu.

»Kunden«, sagte er schrill. »Vermißte. Zehn Pipene. Und noch was Wichtiges: Goddams auf dem Kriegspfad, Richtung Westen, Livonia Boulevard, 7.50 Uhr. Fünfzig, mit ihren Keulen. Vorhut und Nachhut.«

»Gut«, sagte sie ruhig. »Geht uns nichts an. Sicher Raubüberfall. Wer ist die vermißte Person?«

Mundin erklärte es ihr.

»Hm, Göring-Grenadier-Gebiet«, sagte sie. »Na, wir haben einen im Speicher. Sollen wir ihn fragen, Mister – für fünfzig Dollar?«

Mundin bezahlte.

Der Göring-Grenadier im Speicher war ein Achtjähriger, den man bei einem Überfall auf das Hauptquartier der Grenadiere gefangengenommen hatte. Zunächst spuckte und fluchte er nur. Dann übernahm Lana das Verhör. Charles suchte das Weite.

Der Grenadier schluchzte noch immer, als Lana herunterkam.

»Er hat geredet.«

»*Wo*?«

»Noch fünfzig Dollar.«

Mundin fluchte und kramte in seinen Taschen. Er hatte noch siebenunddreißig Dollar und fünfundachtzig Cent. Lana zuckte die Achseln und gab sich mit fünfundzwanzig Dollar zufrieden.

»Da gibt es einen Mr. Martinson«, sagte sie. »Er hat ab und zu Aufträge für die GG. Dem Großen Hermann, das ist ihr Anführer, hat er gesagt, sie sollen diese Lavin betäuben und abholen und irgendwo auf Long Island abliefern. Der Kleine war nicht dabei; er sagt, wo genau, weiß er nicht. Wenn er es hören würde, dann fällt es ihm vielleicht wieder –«

Mundin hetzte die Treppe hinauf. Er fauchte das weinende Kind an: »Saal 2003, Verwaltungsgebäude, Morristown, Long Island!«

»Genau, Mister«, sagte der Junge schnuffelnd. »Ich hab' ihr gesagt, es fällt mir wieder ein, wenn –«

Mundin ging wieder hinunter ins Wohnzimmer und lehnte sich an die Wand. Norma wurde also für die Aktionärsversammlung in Bereitschaft gehalten. Warum? Wieder Umpolung? Eine erzwungene Übertragung von Aktien? Nein – nicht von ihren; sie hatte ja keine. Von Don Lavins Aktienpaket. Sie war die Erbin; ihr Bruder hatte die Aktien –

Also würde man ihren Bruder beseitigen, dann hatte man die Eigentümerin in der Hand.

So einfach war das.

»Hör zu«, sagte Mundin zu Lana. »Du hast gesehen, daß ich kein Geld mehr habe, jetzt nicht. Aber ich brauche Hilfe. Die Sache ist riesengroß – viel größer, als du glaubst. Es geht – na, um Tausende.« Was für ein Idiot wäre er gewesen, wenn er von Milliarden gesprochen hätte! »Eine große, ganz komplizierte Sache. Könnt ihr als erstes 37598 Willowdale Crescent bewachen? Ich glaube, die Grenadiere sollen einen jungen Mann namens Don Lavin umbringen.« Er wartete die Antwort nicht ab, sondern sagte: »Zweitens, könnt ihr mich zum Verwaltungsgebäude in Morristown bringen? Ich schwöre, daß für euch gesorgt ist, wenn die Sache richtig läuft.«

Lana sah ihn prüfend an.

»Gemacht«, sagte sie. »Im Augenblick handeln wir nicht.«

Sie bellte Befehle; eine stumme Gruppe von Kindern holte zerbrochene Flaschen und machte sich auf den Weg.

»Die GG erwischen Ihren Freund nicht«, versicherte Lana. »Was Morristown angeht – na, wenn die GG da was abliefern können, schaffen wir das auch. Offen gesagt, begeistert bin ich nicht. Morristown ist ein gefährliches Pflaster. Aber wir haben eine Vereinbarung mit den Itty-Bitties dort. Das sind Ratten, die verwenden Pistolen, aber –« Sie zuckte die Achseln.

Mundin wurde zur Tür geführt.

»Augenblick«, sagte er. »Ich möchte mich diese Nacht irgendwo verstecken. Wir treffen uns morgen früh hier, aber was mache ich jetzt?«

»Wie wäre es bei mir, Mr. Mundin?« sagte Bligh. »Es ist nicht viel, aber wir haben Gitter.«

Lana nickte.

»Das genügt. Morgen früh – was ist denn?«

Einer der Wabbits schlüpfte zur Tür herein und erstattete Meldung.

»GG-Späher«, sagte er. »Wir haben einen erwischt, aber es sind noch ein paar da. Vielleicht ein Überfall.«

»Denen zeigen wir es«, sagte Lana grimmig. »Sie wollen wohl ihren Kleinen herausholen. Los, ihr zwei, ich muß euch hinten rausführen.«

Sie ging voraus. Es war dunkel und still; bevor sie drei Schritte gemacht hatten, war Lana unsichtbar. Mundin folgte Blighs Schritten mit gemischten Gefühlen.

Lana tauchte aus dem Dunkel auf und sagte: »Halt! Da unter dem Zaun ist einer von den GG. Ich mach' das –« Ihre Flasche schimmerte. Bligh krächzte und stürzte sich von hinten auf sie, als sie das Glas in das Gesicht einer Zehnjährigen stoßen wollte. Lana lag fluchend am Boden, während Bligh seine Stieftochter anfuhr: »Sandy, sofort weg hier. Das sind Freunde von mir. Wir sprechen uns zu Hause!«

Alexandra wand sich und sagte: »Tut mir leid, Norvell. So geht das eben.« Sie warf den Kopf zurück und brüllte: »Sieg-Heil! Sieg –«

Norvell hielt Lana mit der einen Hand fern und maß mit der anderen die Entfernung zu Alexandras Kinn ab. Er schlug sie k. o., hob sie auf seine Schulter und sagte keuchend: »Los, Mundin. Komm mit, Lana.«

Nach zehn Minuten mußte Mundin dem kleinen Mann die Last abnehmen. Als Mundins Knie einzuknicken begannen, kam das Mädchen wieder zu sich.

Bligh sprach ernsthaft und ruhig mit ihr und rieb sich die Fingerknöchel. Danach lief sie mürrisch mit.

Mrs. Bligh wollte aufbrausen, als sie zu viert hereinkamen.

»Und wo bist *du* gewesen?« fuhr sie Norvie an. »Rennt wortlos weg – stundenlang fort – wir könnten –«

Norvell sagte, das gehe sie nichts an. Er sagte es auf eine Weise, daß Alexandras Atem stockte und Lana ihn bewundernd ansah. Mundin wurde rot, dachte aber bei sich, daß Belly Rave so seine Wirkung auf den kleinen Mr. Bligh hatte. Und sie war nicht unbedingt schlecht.

»Und wenn ich noch einmal was zwischen diesem Gorilla Shep und dir bemerke, gibt es Stunk, das sage ich dir!« schloß Norvell.

»Ha!« schnaubte Virginia Bligh. »Wahrscheinlich verprügelst du ihn.«

»Mach dich nicht lächerlich«, sagte Bligh. »Er könnte mich in Stücke zerbrechen. Ich warte, bis er weg ist, dann verprügle ich *dich.*«

»Ich gehe jetzt«, sagte Lana freundlich. »Was ist mit dem kleinen Stinktier da?« Sie wies mit dem Daumen auf Alexandra.

»Das mache ich schon«, versprach Bligh. »Sie wußte es nicht besser, das war es.«

Lana sah ihn forschend an.

»Okay«, sagte sie. »Morgen früh.« Sie verließ das Haus, als Virginia, die wieder Atem geschöpft hatte, zur zweiten Runde ansetzte.

»Bitte«, sagte Mundin. »Ich habe morgen einen schweren Tag vor mir – kann ich etwas schlafen?«

15

Sie verbrachten den Vormittag in Old Monmouth: Mundin, Lana und Norvie Bligh, der als eine Art Sekretär fungierte.

Zuerst gingen sie zu Mundins Bank, wo er seinen Schlüssel hineinschob, auf die Taste ›Konto löschen‹ drückte und die ausgespuckten Geldscheine einsammelte.

Er zählte säuerlich. Zweihundertvierunddreißig Dollar, dazu fünfundachtzig Cent Kleingeld. Lana sah ihn gierig an, und er erinnerte sich, daß er ihr noch fünfundzwanzig Dollar schuldete. Widerwillig gab er ihr das Geld.

Sie aßen bei Hussein.

»Die Bonzen werden morgen wohl in gepanzerten Autos nach Morristown fahren«, sagte sie beim Kaffee. »Schade, daß wir nicht reich sind. Na, dann mal los.«

Ein Taxi brachte sie durch den Bay-Tunnel zum Long Island-Bahnhof in Old Brooklyn. Zur Bestätigung gingen sie an den Schalter.

»Nein, Sir«, sagte der Mann entschieden. »Ein Zug täglich, gepanzert. Nur für Amtsträger. Was wollen Sie überhaupt in Morristown?«

Sie versuchten es ohne Glück telefonisch bei den Omnibusfirmen. Vor dem Bahnhof, bei den Taxis, begann Lana zu weinen.

»Na, na, Kleine«, sagte einer der Taxifahrer und funkelte Mundin und Bligh an. Ein väterlicher Typ. »Was ist denn?«

»Mein Papi«, jammerte Lana herzerweichend. »Er ist in dem schrecklichen Ort verschwunden, und meine Mami sagt, wir sollen ihm helfen. Ehrlich, Mister, bringen Sie uns wenigstens bis zum Rand? Bitte, bitte! Und Onkel Norvie und Onkel Charlie erlauben nicht, daß diese Schw-, daß diese bösen Männer in Morristown uns etwas tun. Ehrlich!«

Er gab nach und erklärte sich bereit, sie zum Stadtrand zu fahren. Es war eine zweistündige Fahrt über schlechte Straßen.

Morristown war älter als Belly Rave und besser organisiert. Der Fahrer hielt ein paar hundert Meter vor der Zollschranke.

»Da wären wir, Kleines«, sagte er gütig.

Die Kleine griff in die Handtasche, zog die abgeschlagene Flasche heraus und unterhielt sich ernsthaft mit dem Fahrer. Er fluchte, jammerte und fuhr weiter.

An der Schranke schauten zwei Männer in den Wagen. Lana flüsterte etwas – Mundin fing die Worte ›Wabbits‹ und ›Itty-Bitties‹ auf – und sie konnten weiterfahren. Eine Straße weiter hielt der Fahrer auf Lanas Anweisung erneut an einem Kontrollpunkt, den zwei schmutzige Neunjährige mit Karabinern bewachten.

Sie bekamen einen Führer; einen Itty-Bitty mit Karabiner. Auf dem Weg durch die belebten Straßen zum Verwaltungsgebäude wurden nicht wenige Erwachsene blaß und suchten das Weite, als sie ihn auf dem Trittbrett stehen sahen.

Vor dem Gebäude sagte Lana knapp: »Warten.«

Mundin schüttelte den Kopf.
»Nein«, sagte er und deutete auf die Reihe gepanzerter Halbkettenfahrzeuge auf dem Parkplatz. »Wir fahren mit so einem Ding weg oder gar nicht.«
»Versteh' ich nicht, aber meinetwegen«, sagte Lana achselzukkend. Zu dem Itty-Bitty sagte sie: »Laßt das Taxi durch, ja? Und wenn ihr in Belly Rave mal was braucht, wendet euch nur an mich.«

Es war ein Uhr; die Versammlung sollte um halb zwei beginnen.
Mit Mundins Aktie kamen sie durch die Kontrolle in der Vorhalle. Lana sollte im Besucherraum warten.
Saal 2003 war eine ganze Suite – vielleicht das gesamte Stockwerk, dachte Mundin.
»Aktionärsversammlung, G.M.L.«, sagte Mundin zur Empfangsdame. Sie sah Mundin und Bligh nachdenklich an und reichte sie weiter.
Im Sitzungssaal waren etwa zwanzig Männer. Ganz offenkundig handelte es sich um Titanen. Neben diesen elegant und unauffällig gekleideten Leuten wirkten Mundin und Bligh wie zerlumpte, lächerlich junge und ungeschickte Eindringlinge.
Ab jetzt wird es schwer, dachte Mundin.
Ein Neuankömmling wurde von den Titanen fröhlich begrüßt.
»Bliss, alter Freund! Hätte nicht gedacht, daß Sie zu diesem Unfug kommen. Der alte Arnold wird Sie wie üblich niederbügeln.«
Bliss war jünger und schmaler als die meisten.
»Wenn ein paar von euch Helden mich unterstützen würden, könnten wir ihn aufhalten«, meinte er heiter. »Was habe ich ansonsten mit meiner Zeit schon anzufangen?«
»Ich habe da doch was von einer Miss Laverne läuten hören«, sagte jemand schelmisch, und die Herren brachen in Gelächter aus.
Mundin nützte die Pause.
»Guten Tag, Mr. Bliss«, sagte er atemlos und griff nach der Hand des anderen. »Ich bin Charles Mundin, ehemaliger RR-Kandidat im 27. Bezirk – und Kleinaktionär.«
Der hagere Mann löste seine Hand aus dem Griff.
»Hubble, Mr. Hrmhm. Bliss Hubble. Guten Tag.« Er wandte sich an einen der Titanen und sagte mit gespielter Strenge: »Haben Sie mein Telegramm nicht bekommen, Job? Warum habe ich dann Ihre Vollmacht für die Vertragssache nicht?«

Job schien ein vorsichtiger Mensch zu sein.

»Weil mir bis jetzt gefällt, was der alte Arnold macht«, erwiderte er langsam. »Eines Tages bringen Sie das Boot ins Schwanken, Bliss. Es sei denn, wir stoßen Sie vorher hinaus.«

»Mr. Hubble«, sagte Mundin drängend.

Hubble sagte zerstreut: »Mr. Hrmhm, ich versichere Ihnen, ich würde Sie wählen, wenn ich im 27. Bezirk wohnhaft wäre, was zum Glück nicht der Fall ist.« Sein Blick glitt umher; er ging durch den Raum auf einen anderen Titanen zu. Mundin folgte ihm und hörte: »– alles recht idealistisch, mein lieber Bliss, aber schon viele junge Idealisten haben sich als harte Herren entpuppt. Nichts für ungut.«

Bliss Hubble war wieder unterwegs. Mundin vermutete, daß dieser letzte Titan wütend genug war, mit ihm zu reden; an seiner Schläfe pulsierte eine Ader. Mundin sagte mißbilligend: »Schon wieder der alte Plan, wie?«

»Natürlich. Dieser Narr!« sagte der Titan zornig. »Wenn der junge Hubble so viele Angriffe auf das Management gesehen hat wie ich, überlegt er es sich zweimal, mich täuschen zu wollen. Die Vertragssache! Ha! Er will das Zutrauen zum Management in uns allen erschüttern, die Abstimmung beeinflussen, sich durch Bestechung – ganz gentlemanhaft, versteht sich – in den Aufsichtsrat schieben und dann soviel Schaden anrichten, wie er nur kann. Aber daraus wird nichts! Wir bilden eine feste Front gegen ihn –« Er sah Mundin das erstemal an. »Ich glaube nicht, daß ich Sie kenne, Sir. Ich bin Wilcox.«

»Freut mich sehr. Mundin. Rechtsanwalt.«

»Ah – Stimmvollmachten, ja? Wen vertreten Sie? Die meisten Leute scheinen ja hier zu sein.«

»Entschuldigen Sie mich, Mr. Wilcox.« Mundin folgte Bliss Hubble, der sich nach einer weiteren Abfuhr in einen Sessel geworfen hatte. Er gab ihm die Vollmacht von Don Lavin, die Ryan vorbereitet hatte.

»He? Was ist das?«

»Ich schlage vor, daß Sie es lesen«, sagte Mundin.

Es gab Beifall, als ein halbes Dutzend Männer hereinkam. Einer von ihnen – Arnold? – sagte: »Guten Tag, meine Herren. Ich schlage vor, daß wir uns setzen und beginnen.«

Mundin saß neben Hubble, der mechanisch las. Einer der Neuankömmlinge verlas das Protokoll der letzten Sitzung. Niemand beachtete ihn sonderlich.

Hubble las zu Ende, gab Mundin die Vollmacht zurück und sagte mit belustigtem Lächeln: »Und was soll ich nun machen?«

»Sieht albern aus, nicht?« meinte Mundin scharf.

Die Taktik wirkte.

»Das habe ich nicht gesagt«, erwiderte Hubble betroffen. »Und – na ja, es hat Gerüchte gegeben. Gerüchte, zu denen Sie ebenso Zugang gehabt haben können wie ich.«

Mundin sah ihn vielsagend an.

»Wir werden nicht gierig sein, Mr. Hubble«, sagte er und fragte sich, was er da eigentlich daherredete. »Unterstellt, daß ich kein Betrüger bin, und daß das Dokument hier nicht gefälscht ist – was hielten Sie davon, im Aufsichtsrat zu sitzen?«

»Sehr viel«, sagte Hubble schlicht.

»Wir können Ihnen dazu verhelfen. Das liegt nahe. Unsere fünfundzwanzig Prozent und Ihre –?«

»Das ist bekannt. Fünfeinhalb Prozent.«

»Soviel?«

»Soviel. Ich vertrete die Familienpakete.«

Mundin rechnete im Kopf. Dreißigeinhalb Prozent. Wenn sie Hubble in ihr Lager ziehen und dann noch zwanzig Prozent beeinflussen konnten –

Er sah nach vorn. Hubble sollte eine Weile darüber nachdenken.

Man nahm das Protokoll an. Einer der Neuankömmlinge grinste.

»Also zur Sache, meine Herren. Wahl eines Mitglieds des Aufsichtsrates als Ersatz für Mr. Fenelly.«

Jemand schlug Mr. Harry S. Wilcox vor, den Herrn mit der pochenden Schläfenader; ein anderer einen Mr. Benyon. Sekretäre brachten Stimmzettel, die ausgefüllt wurden. Mundin zeigte seine eine Aktie vor; der entsetzte Sekretär gab ihm den Stimmzettel, als verteile er Almosen an einen Aussätzigen.

Wilcox gewann, und es gab Applaus und Schulterklopfen. An dem Lächeln auf manchen Gesichtern war für Mundin abzulesen, daß das Ergebnis von vornherein festgestanden hatte. Er grinste Hubble an, der das nicht komisch zu finden schien.

»Steigen Sie bei uns ein?« fragte Mundin.

Hubble machte ein finsteres Gesicht.

Man verlas einen Antrag über die Vergütung für die Mitglieder des Aufsichtsrates. Sie sollten erhöht werden. Während der Verlesung unterhielten sich die Aktionäre. Mundin begann sich zu fragen, weshalb sie eigentlich hergekommen waren, weil der Antrag einstimmig gebilligt wurde.

Beim nächsten Punkt erfuhr er es.

Er lautete ›Diversifikation von Rohstoffquellen unter besonderer Berücksichtigung von Aluminium und Silikaten‹. Mundin verstand von den technischen Einzelheiten nichts, aber es fiel ihm auf, daß die Privatunterhaltungen aufhörten. Vier oder fünf Männer steckten die Köpfe zusammen und rechneten. Sekretäre liefen mit Büchern und Dokumenten hin und her.

Schließlich sagte der Vorsitzende: »Also, meine Herren, die Frage. Sollen wir Zeit sparen und ein einstimmiges ›Ja‹ vorschlagen?«

Ein schmaler, grauer alter Mann stand auf und sagte: »Ich verlange namentliche Abstimmung.« Er funkelte einen scheinbar gelangweilten Mann in der ersten Reihe an. »Und ich darf Ihnen erklären, daß ich mir eine Abschrift geben lasse. Sie wird mich künftig bei meinen Entscheidungen leiten. Ich gehe davon aus, daß ich mich klar genug ausgedrückt habe.«

Der Vorsitzende räusperte sich mehrmals, und man stimmte ab.

Der Vorschlag wurde knapp abgelehnt, in einer angespannten Atmosphäre. Mundin spürte undeutlich, daß eben eine große Schlacht stattgefunden hatte – ein Firmen-Gettysburg, eine Machtprobe zwischen zwei einflußreichen Gruppen, bei der es im Jahr um viele Millionen ging.

Hubble neben ihm wurde unruhig. Mundin beugte sich hinüber.

»Sie könnten in solchen Fällen das Zünglein an der Waage sein, wenn Sie bei uns mitmachen.«

»Ich weiß«, sagte Hubble. »Ich weiß.« Nach einer langen Pause fügte er hinzu: »Zeigen Sie mir das Papier noch einmal.«

Mundin wußte, daß er ihn an der Angel hatte.

Die Versammlung ging weiter. Es gab noch drei Zusammenstöße, und zwischen den Abstimmungen las Hubble das Dokument und versuchte, mehr aus Mundin herauszubekommen.

»Ja, sie sind meine Klienten«, sagte Mundin. »Nein, tut mir leid, ich kann Ihnen jetzt nicht sagen, wo Mr. Lavin ist. Ja, eine Schwester gibt es. Mr. Arnold kann Ihnen wahrscheinlich mehr darüber sagen als ich.«

»*Arnold* hat mit der Sache zu tun?«

»Und wie. Arnold wird vermutlich bald versuchen – ah, da kommt es schon!«

Einer der farblosen Sekretäre las vor: »Vorschlag zur Bereinigung einer anomalen Stimmaktienverteilung. Der Vorschlag sieht vor, daß ruhende Aktien zum Pariwert erworben werden. Ruhend heißt Aktien, die seit der Ausgabe nicht zur Abstimmung eingebracht wurden, vorausgesetzt, daß die Zeit zehn Jahre nicht überschreitet. Die Aktien sollen dem Firmenvermögen einverleibt werden.« Es gab kaum eine Bewegung unter den Zuhörern.

Mundin flüsterte: »Fragen Sie ihn, um wieviel Aktien es geht. Dann haben Sie die Antwort.«

Hubble zögerte und schluckte den Köder. Er stand mit grimmiger Miene auf und stellte die Frage.

Arnold lächelte.

»Die genauen Zahlen haben wir im Augenblick leider nicht. Es handelt sich darum, für alle Fälle vorzusorgen, Mr. Hubble.«

»Ich wäre mit einer Schätzung zufrieden, Mr. Arnold«, sagte Hubble.

»Gewiß, aber die Zahlen haben wir nicht. Um fortzufahren –«

Hubble machte ein störrisches Gesicht.

»Sind es zufällig fünfundzwanzig Prozent des Aktienkapitals?« Im ganzen Raum horchten die Leute auf, und die Gespräche verstummten.

Arnold versuchte zu lachen.

»Ich wiederhole meine Frage«, knurrte Hubble. »Betragen die Anteile, zu deren Erwerb Sie um Genehmigung bitten, damit sie ins Firmenvermögen und damit unter Ihre Kontrolle gelangen, fünfundzwanzig Prozent?«

Es gab beinahe einen Tumult. Hubble beachtete ihn nicht.

»Ist es so oder nicht, Mr. Arnold?« rief er. »Eine sehr einfache Frage, meine ich! Und wenn die Antwort ›Nein‹ lautet, verlange ich Einblick in die Unterlagen!«

Arnold verzog den Mund.

»Bitte, meine Herren! Bitte, Mr. Hubble! Ich kann mich selbst kaum denken hören. Mr. Hubble, da Sie Einwendungen gegen den Vorschlag erheben, ziehe ich ihn zurück. Ich nehme an, daß alle dieser Änderung der Tagesordnung zustimmen. Um fortzufahren –«

»Meine Zustimmung haben Sie nicht!« schrie Hubble. »Ich verlange Auskunft!«

Jemand setzte sich zu Mundin. Ein großer, gutaussehender alter Mann.

»Ich bin Harry Coett«, murmelte er. »Worum geht es überhaupt? Ich sehe Sie mit Bliss reden, dann ist auf einmal der Teufel los. Sagen Sie, waren Sie nicht bei Green & Charlesworth? Nein? Ich dachte, ich kenne Sie. Also, was ist los? Arnold hat Angst. Sie haben da etwas. Was?«

»Was habe ich davon?« fragte Mundin zurück.

Der Mann starrte ihn an.

»Mensch, Mann! Ich bin *Harry Coett.* Wo sind Sie denn her?«

Und ein dritter Mann setzte sich zu ihnen, als der Disput zwischen Hubble und dem Vorsitzenden immer heftiger wurde.

»Sie scheinen Hubble da auf etwas gebracht zu haben, junger Mann«, flüsterte der Neuankömmling. »Das gefällt mir. Schwung. Jemand hat mir gesagt, daß Sie Anwalt sind, und in unserer juristischen Abteilung ist zufällig ein Platz frei, ein sehr guter sogar. Ich bin von Roadways, wissen Sie. Nelson –«

»Ich war zuerst da, George!« fauchte Coett.

Die Debatte war Hubble inzwischen aus den Händen geglitten. Die Hälfte der Aktionäre roch Blut oder Gold und verlangte lärmend Auskunft von Arnold, der schwitzend versuchte, mit vielen Worten nichts zu sagen. Die andere Hälfte schien sich zu Mundin zu drängen, dem merkwürdigen jungen Mann, der sich auszukennen schien. Mundin lächelte höflich, ohne die Blicke zu erwidern, und hörte die geflüsterten Mutmaßungen: »– ein Anwalt vom Aktien-Aufsichtsamt, der dem alten Arnold endlich mal –« »– ins Lager, aber woher weiß ich, ob nicht Green & Charlesworth dahinterstecken oder –« »Nein, Sie Esel! Stimmvollmachten! Man hat in aller Heimlichkeit –«

Er schätzte, daß die Zeit reif war. Er sagte höflich: »Entschuldigen Sie, meine Herren«, und stand auf.

»Herr Vorsitzender«, rief er. Arnold mied seinen Blick und erteilte das Wort einem anderen – auf den sofort Harry Coett zuhetzte. Coett flüsterte ihm etwas ins Ohr, und der Mann sagte: »Ich lasse Mr. Mundin den Vortritt.«

»Danke«, sagte Mundin. »Vielleicht kann ich die Verwirrung etwas aufklären. Zuerst, Mr. Arnold, möchte ich aber mit einem meiner Auftraggeber sprechen – mit der jungen Dame.«

»Auftraggeber?« sagte Arnold zerstreut. Ein Sekretär flüsterte ihm etwas zu. »Ach so. Miss Lavin – oh, gewiß. Sie ist – äh – in der

Lage, mit Ihnen zu sprechen, sobald die Versammlung geschlossen wurde. Sind Sie damit zufrieden, Mr. Hrmhm?«

»Völlig zufrieden.«

Und das war es – viel, viel mehr, als er je zu hoffen gewagt hatte. Nicht nur hatte er solches Aufsehen erregt, daß die Hälfte der G.M.L.-Aktionäre ihn umdrängte, Arnold gab Norma auch als Preis dafür zurück, daß er die ›Verwirrung‹ nicht ›aufklärte‹. Arnold war in die Klemme geraten; er verlor nicht nur das Lavin-Aktienpaket, sondern er mußte sogar um seine Herrschaft im Aufsichtsrat bangen.

Mundin setzte sich behaglich – und stumm. Die Fragen und Angebote der Titanen ließen ihn kalt.

Der Aufstand der Aktionäre erlahmte sichtbar. Da Mundin verstummt war, erkannten die zornigen und unsicheren Leute, daß unter ihren Nasen ein Handel stattgefunden hatte. Das gefiel ihnen nicht; sie hatten das zu oft selbst gemacht, um es goutieren zu können. Einer stellte den Antrag, Arnold abzuwählen, aber kühlere Köpfe setzten sich durch.

Der Rest der Tagesordnung wurde blitzschnell abgehandelt.

Hubble tobte.

»Verdammt, Mundin, Sie haben mir das Angebot zuerst gemacht! Zum Teufel mit diesen Aasgeiern. Die benützen Sie nur und werfen Sie dann weg. Ich bin der einzige Großaktionär, der vernünftigen Ideen zugänglich ist, und –«

»Unsinn!« sagte Harry Coett entschieden. »Ich weiß nicht, was Sie vorhaben, Mundin, aber was es auch ist, es bedarf der Finanzierung. Und ich bin *Harry Coett*. Lassen Sie mich –«

George Nelson sagte: »Sagen Sie ihm, was Sie mit dem alten Crowther gemacht haben, ja? Der brauchte auch eine Finanzierung.«

Mundin erfuhr nie, was Harry Coett mit dem alten Crowther gemacht hatte. Als die Sitzung beendet war, ging er zu Arnold, der ihn schief anlächelte.

»Kommen Sie zu mir, Mr. Mundin«, drängte er. »Ich bin sicher, wir können zusammenkommen. Kennen wir einander nicht? Waren Sie nicht bei Green & Charlesworth?«

»Das Mädchen, Arnold«, antwortete Mundin kurz.

»Miss Lavin erwartet Sie im Empfangsraum«, sagte Arnold.

Hinter den Industriegiganten lief Mundin zum Empfangsraum.

Norma Lavin war wirklich da, blaß und wütend.

»Hallo, Mundin«, sagte sie, nicht mehr so barsch, nicht mehr so mannhaft. »Sie haben sich Zeit gelassen, das muß ich schon sagen.« Und dann brach sie an seiner Brust in Tränen aus. »Ich habe nicht unterschrieben. Ich wußte, daß Don nicht tot ist. Ich habe nicht unterschrieben, ich –«

»Still, Superfrau«, sagte Mundin. »Man soll den anderen nichts verraten. Jedes Wort ist Gold wert.« Aber er entdeckte, daß er selbst zitterte – die Reaktion auf die Belastung. Und auf – Norma.

Er nahm sich zusammen, als Coett, der hinter ihm stand, sagte: »Das ist also die junge Dame, die Arnold Ihnen überlassen hat, wie? Ihre Auftraggeberin, Herr Rechtsanwalt?«

»Kann sein«, sagte Mundin.

»Ach, lassen Sie das doch«, meinte Coett. Er wandte sich Norma zu. »Meine Liebe, darf ich Sie irgendwo absetzen? Sie natürlich auch, Herr Rechtsanwalt.«

»Hören Sie, Mundin«, drängte Nelson, »lassen Sie sich erzählen, was er mit dem alten Crowther –«

»Verdammt noch mal«, tobte Hubble, »wenn ihr Aasgeier mal auf die Seite –«

»Ich will ganz offen sein, meine Herren«, erklärte Mundin. »Miss Lavin und ich müssen im Wartezimmer eine – äh – junge Dame abholen. In fünf Minuten sind wir am Ausgang. Wir fahren mit allen dreien, oder mit je zweien von Ihnen. Machen Sie das untereinander aus.«

Er führte Norma hinaus. Lana saß auf dem Schreibtisch der Empfangsdame.

»Wo ist Bligh?« fragte Mundin.

»Draußen«, sagte Lana. »Er sagte, er habe von Galatagen endgültig genug. Weiß nicht, was er gemeint hat. Ist das Ihre?«

»Ja«, sagte Mundin, »das ist meine.« Sie holten Norvie Bligh, der draußen in der Sonne saß, und gingen auf die geparkten Panzerfahrzeuge zu. Ein Komitee aus drei Männern empfing sie.

»Alles geregelt, Mundin«, sagte Hubble heiter. »Coett und Nelson kommen mit.«

»Gut«, sagte Mundin. »Wo fahren wir hin?«

»Ach, zu mir«, erwiderte Hubble. »Alles geregelt. Es wird Ihnen gefallen – schlicht und einfach, aber behaglich.«

Es war eine ganze Kolonne: zwei Autos und ein Halbkettenfahrzeug. Sie hielten nirgends, weder am Kontrollpunkt der Itty-Bitties noch an der Zollschranke.

»Wir fahren durch die Fifth Avenue«, sagte Hubble.

»O nein!« stöhnten Nelson und Coett.

»Mir gefällt sie«, sagte der Jüngere.

Sie rollten langsam durch die verfallende Alte Stadt, die leer und tot war. Mundin hielt den Atem an, als ein Fahrzeug Ecke 34. Straße unter dem hochragenden Schatten des Empire State Building vorbeizischte. Er verdrehte den Hals und sagte: »Da steigt jemand aus! Und geht ins Empire State!«

»Warum nicht?« knurrte Hubbles Stimme aus dem Lautsprecher. Er fuhr bei Nelson und Coett mit, weil keiner den beiden anderen Gelegenheit geben wollte, mit Mundin und Norma allein zu sein.

»Ich dachte immer, es sei so leer wie die ganze Alte Stadt«, sagte Mundin.

»Nachts ist es beleuchtet, nicht? Na, das verlangt Wartung. Der Mann war Elektriker.«

Mundin war kein sehr guter Anwalt, aber soviel wußte er doch: Hubble log ihn an.

16

Lana zupfte Mundin an der Schulter und sagte: »Ich will heim.«

»Klar, klar«, sagte Mundin mürrisch. Norma war vor Erschöpfung an seinem Arm eingeschlafen.

»Gleich, meine ich«, sagte Lana. »Ich habe eine Pflicht bei den Wabbits.«

»Ich möchte auch heim«, sagte Norvie Bligh.

Mundin überlegte. Lana und Bligh hatten getan, was er von ihnen verlangt hatte.

»Gut«, sagte er. »Schafft ihr es von Alt-Yonkers aus, wenn ich euch am Busbahnhof absetzen lasse?« Sie nickten, und er beugte sich vor, um ans Trennfenster zu klopfen.

In Alt-Yonkers ließ Mundin Lana und Bligh aussteigen, dann fuhren er und Norma weiter zu Hubbles Haus.

Ruhig und behaglich war es. Einfach nicht. Ein Charles Addams-Monstrum in einem riesigen privaten Park in Westchester. Sie rollten die Einfahrt hinauf und hielten neben einem Rolls-Royce.

Bliss Hubble war schon an der Tür ihres Wagens.

»Meine Frau«, sagte er mit einem Hinweis auf die Limousine. »Sie hat eine Vorliebe für Antiquitäten.«

Mrs. Hubble begrüßte sie mit einem ungläubigen Blick. Sie sah ihren Mann fragend an.

»Meine Liebe, darf ich dir Miss Lavin vorstellen«, sagte er hastig.

»Nur Lavin«, sagte Norma kalt.

»Gewiß. Lavin. Und das ist Mr. Mundin. Harry und George kennst du wohl. Mr. Mundin gefällt die Einrichtung hier.«

»So«, sagte Mrs. Hubble mit eisiger Miene. »Bedanke dich bei Mr. Mundin und sage ihm, daß sein Geschmack mit dem unserer Haushälterin übereinstimmt – die nicht mehr bei uns ist, weil ich sie heute früh hinausgeworfen habe. Außerdem hat sie alle Schlüssel mitgenommen.« Hubble erstarrte, griff in die Tasche und zog einen großen Schlüsselbund heraus, mit dem seine Frau abrauschte.

»Feinfühlig«, murmelte Hubble.

»Wir haben unterwegs ein paar Dinge geklärt, Mundin«, sagte Coett eifrig. »Jetzt –«

»Harry, ich bitte!« sagte Hubble streng. »Ich bin der Gastgeber. Kein Wort mehr, bis wir gegessen haben.«

Er führte sie durch einen breiten Korridor, wobei er genau die Mitte einhielt. Plötzlich sagte er: »Vorsicht!«

Die anderen hielten Abstand zu den Wänden, die sich auf seltsame, schimmernde Weise zu bewegen begannen.

»Meine Frau«, sagte Hubble mit schiefem Lächeln. »Man möchte meinen, eine gewöhnliche Kuppelhaus-Wand reicht aus, aber nein! Es muß durchgehend 3-D-Vollillusion sein! Was das kostet! Und das Heimstolpern im Dunkeln! Das Erwachen mitten in der Nacht, weil das Himmelbett sich plötzlich in ein französisches verwandelt! Sie schläft sehr schlecht, wissen Sie –«

Die Wände waren stabil geworden, das alte Mobiliar hatte sich ganz zurückgezogen, Neues entstand.

Beim Essen wurde nicht viel geredet; alle hatten Hunger.

»Soll ich davon ausgehen«, sagte Hubble, vorsichtig sondierend, »daß Miss – daß Lavin von Mr. Arnold tatsächlich entführt worden ist?«

»Bezweifle ich sehr«, sagte Norma kauend. »Wahrscheinlich hat er nur ein unglückliches Gesicht gemacht und gesagt: ›Du meine Güte, wenn man nur irgend etwas tun könnte, was dieses Aktienpaket betrifft.‹ Irgendein Fußküsser in der Nähe setzte die Maschinerie in Bewegung. Arnolds Hände bleiben immer sauber. *Er* kann ja nichts dafür, wenn die Leute ihre Befugnisse überschreiten.« Sie schob wieder eine Gabel Wildreis in den Mund. »Sie hielten mich etwa eine Woche lang fest. Mein Gott, was für eine Verwirrung! Ich konnte gehen und ich konnte nicht gehen. Ich durfte weggehen, wann ich wollte, aber vorübergehend hielt man es für besser, die Tür abzusperren. Überschreiben Sie uns Ihren Erbanteil an den Aktien, und wir zahlen Ihnen eine blanke Million. Aber die Aktien *brauchen* wir natürlich gar nicht. Sie stellen nur einen kleinen Störfaktor dar. Also, werden Sie jetzt vernünftig, oder müssen wir grob werden? Meine liebe, junge Dame, wir kämen gar nicht auf den Gedanken, Ihnen etwas anzutun!« Sie zog die Brauen zusammen. »Einmal besuchte mich Arnold. Er tat die ganze Zeit so, als versuchte *ich*, an *ihn* zu verkaufen. Ich weiß nicht, vielleicht hatte ihm das jemand erzählt. Ich weiß nur, daß ich mir vorkomme, als hätte mir jemand einen Leuchtturm auf den Schädel gehauen.«

Ein Butler schlurfte herein.

»Sind Sie für Mr. Arnold zu Hause, Sir?« erkundigte er sich.

»Nein!« krähte Hubble fröhlich. »Hören Sie das, Coett?«

»Augenblick, Bliss«, warf Nelson ein. »Sind Sie sicher, daß Sie das Richtige tun? Wenn wir drei uns zusammensetzen würden –« Er warf einen schnellen Blick auf Mundin. »Das heißt, vielleicht könnten wir alle zusammen die Toledo-Gruppe hinausdrängen.«

»Sagen Sie ihm, er soll sich zum Teufel scheren«, erklärte Coett. »Der Butler soll es ihm sagen, damit wir es alle hören. Zuerst stimmen wir untereinander ab – und dann überlegen wir uns, wen wir beteiligen, falls überhaupt jemanden. Aber ich glaube nicht, daß wir noch jemand brauchen.«

»Sagen Sie es ihm«, sagte Hubble grinsend zu dem Butler. »Meine Herren, wenn Sie wüßten, wie lange ich darauf gewartet habe . . . Na gut. Harry hat recht, George. Überlegen Sie. Sie haben elf Prozent in der Hand, die Stimmvollmachten mitgezählt. Ich habe fünfeinhalb absolut. Harry hat drei, und er beeinflußt wieviel, Harry?«

»Neun«, sagte Coett knapp.

»Seht ihr?« sagte Hubble. »Das reicht. Mit den fünfundzwanzig Prozent von den Leuten hier –«

Mundin trat Norma heftig auf den Fuß, als sie den Mund öffnete, um zu fragen, wie sie die Aktien gefunden hätten.

»Meinen Sie nicht, wir sollten damit bis nach dem Essen warten?« sagte er hastig.

Hubble schaute sich im Kreis um.

»Na, das Essen ist doch vorbei«, meinte er. »Unseren Kaffee trinken wir in der Bibliothek.«

Mundin prüfte vorsichtig einen der Sessel, aber er schien in Ordnung zu sein. Norma starrte ihn noch immer nachdenklich an, hielt aber den Mund, und er sagte heiter: »Also, meine Herren, an die Arbeit.«

»Richtig«, sagte Harry Coett. »Bevor wir anfangen, möchte ich einen Punkt geklärt haben. Bei der Versammlung wurde mehrmals von Green & Charlesworth gesprochen. Haben Sie etwa mit denen zu tun?«

»Nein«, sagte Mundin entschieden. »Wir vertreten nur uns selbst. Miss Lavin und ihr Bruder sind die direkten Erben eines der G.M.L.-Gründe. Ich – äh – bin zufällig auch Aktionär – und Anwalt der Lavins.«

»Okay«, sagte Coett. »Dann ist das ein schlichter, offener Versuch der Machtübernahme, und wir haben die Kraft dazu. Wir sind uns wohl alle darin einig, daß der erste Schritt darin besteht, das Unternehmen zum Konkurs zu treiben?«

»Wie –« sagte Mundin mit erstickter Stimme.

Coett grinste.

»Ich dachte mir schon, daß Sie kein Fachmann sind«, sagte er freundlich. »Was haben Sie erwartet, Mundin?«

»Na ja«, stotterte Mundin, »da sind – äh – Ihre Aktien, und – unser Paket, und, na – für mich ist das doch ganz klar. Die Mehrheit bestimmt, nicht wahr?« Er verstummte. Die anderen lachten herzlich, aber voll Höflichkeit.

»Mr. Mundin, Sie müssen noch viel lernen«, sagte Coett. »Glauben Sie im Ernst, wir könnten unter den herrschenden Regeln unsere Anteile vorbehaltslos zur Abstimmung bringen?«

»Ich weiß nicht«, sagte Mundin ehrlich.

»Eben. Man darf das Boot nicht umkippen. Die Vollmachtgeber würden das nicht hinnehmen; ein Versuch zur Machtübernahme, ja, aber auf richtige Weise.«

»Er hat vermutlich recht, Mundin«, sagte Norma. »Bis jetzt haben sie uns so oder so aufhalten können. Der einzige echte Wandel ist der, daß diese Leute wissen, daß es uns gibt, und meinen, sie könnten uns aussaugen.«

»Bitte«, sagten Hubble und Nelson gequält.

Coett grinste.

»Sie haben völlig recht«, sagte er. »Zum erstenmal fange ich an, zu bezweifeln, daß wir es schaffen werden.«

»Warum Konkurs?« fragte Mundin.

Sie starrten ihn alle an.

»Äh – wie würden Sie es denn machen, Mundin?« erkundigte sich Hubble schließlich.

»Na ja, ich bin kein Fachanwalt, meine Herren – das überlasse ich meinem Kollegen, Mr. Ryan. Aber der erste Schritt scheint für mich zu sein, daß wir ein Aktionärskomitee gründen und den gegenwärtigen Aufsichtsrat um Rechnungslage ersuchen. Notfalls können wir das mit einer Meldung an das Aufsichtsamt unterstützen. Arnolds Gruppe wird uns natürlich hinhalten und einen Kompromiß erreichen wollen, vermutlich mit dem Angebot einer Vertretung im Aufsichtsrat, die unserer wahren Stärke nicht entspricht. Aber damit wird man leicht fertig; wir erheben einfach Protest und strengen ein Verfahren an –«

»Riskant«, sagten Hubble und Nelson gleichzeitig.

»Das klappt nie«, erklärte Coett. »Hören Sie, junger Mann, damit erreichen wir gar nichts. Ich weiß noch, wie die Memphis-Gruppe versucht hat –«

»Wer?«

»Die Memphis-Gruppe, Arnolds Haufen. Vor achtzehn Jahren hat sie G.M.L. der Toledo-Gruppe auf die Weise weggenommen, die Sie empfehlen. Aber das dauerte sechs Jahre, und wenn die Toledo-Gruppe nicht bei ›Schienen‹ in Not geraten wäre, hätte man es nie geschafft. Und sie ist immer noch stark. Sie haben gesehen, wie Arnold selbst Wilcox akzeptieren mußte.«

Mundin, der nicht wußte, wovon überhaupt die Rede war, sagte verzweifelt: »Können wir es nicht wenigstens versuchen?«

»Zeitvergeudung! Als Arnold das Kommando übernahm, betrugen die Aktiva von G.M.L. keine zehn Milliarden Dollar. Wir haben ein viel stärkeres Kapital vor uns. Es besitzt Trägheit, Mundin. Trägheit. Man kann es nicht mit einer Feder bewegen; man braucht Dynamit dazu. Das kostet Zeit und kostet Geld, und es verlangt Anstrengung und viel Verstand. Ich will es Ihnen erklären.«

Er tat es. Mundin hörte mit wachsender Verwirrung und fast so etwas wie Entsetzen zu. Konkurs! Wie brachte man ein Unternehmen mit einem Wert von vierzehn Milliarden, unglaublich liquide, unglaublich wohlhabend, zum Konkurs?

Die Antworten gefielen ihm nicht. Aber ein solches Omelett kann man nicht backen, ohne ein paar goldene Eier zu zerbrechen, sagte er sich.

»Also, Bliss, Sie setzen Ihre Leute ein«, sagte Coett selbstzufrieden. »Wir müssen gut vorbereitet sein. Und dann –« Mundin machte sich grimmig Notizen und hielt bis zum Ende durch, aber das Firmenrecht machte ihm lange nicht soviel Spaß, wie er immer geglaubt hatte.

Es war fast Mitternacht. Mundin war in seinem ganzen Leben noch nie so erschöpft gewesen; auch Norma Lavin war in ihrem Sessel zusammengesunken. Coett, Hubble und Nelson waren frisch und munter, geschulte Männer, die wußten, was sie taten.

Aber die Arbeit war erledigt. Mundin gähnte und stand auf.

»Als erstes muß ich also eine Kanzlei eröffnen, wie?« sagte er.

Es gab eine Pause.

»Nicht als erstes, Mundin«, sagte Coett seufzend.

»Was dann?«

»Nennen wir es persönliche Befriedigung«, sagte Coett. »Wir haben alle Gerüchte über den jungen Lavin gehört. Ich behaupte nicht, daß sie wahr sind; ich weiß nicht, ob sie wahr sind oder nicht. Aber *wenn* sie wahr sind, heben wir nicht vom Boden ab.«

»Hören Sie mal, Coett –« brauste Mundin verspätet auf.

»Halt«, sagte Coett ruhig. »Wir alle haben uns Ihre Vollmacht angesehen. Es ist eine Generalvollmacht, gewiß, und ich bezweifle nicht, daß sie gültig ist. Aber es ist keine Stimmvollmacht, Mundin. Nirgends werden G.M.L.-Aktien erwähnt, außer am Schluß in der eidesstattlichen Erklärung, und die hat Don Lavin nicht selbst unterschrieben.«

»Was wollen Sie?« fragte Mundin mürrisch.

»Die Aktien zu Gesicht bekommen«, sagte Coett. »Ist morgen früh Zeit genug?«

»Morgen früh ist Zeit genug«, sagte Mundin hohl.

17

»Nach schön, na schön!« sagte Mundin störrisch. »Sie brauchen nicht noch einmal alles durchzukauen. Die Finanzierung ist Coetts Sache und Firmenrecht die Ihre, nicht die meine, und wenn ihr alle behauptet, daß G.M.L. Konkurs machen muß, dann will ich euch nicht im Weg stehen. Aber die Methoden gefallen mir nicht.«

Ryan drehte sich auf dem Sofa mühsam herum.

»Wenn Sie zum Arzt gehen, um Ihr Leben zu retten, beklagen Sie sich dann über den Geschmack der Medizin?« fragte er.

Mundin schwieg. Er schüttelte sorgenvoll den Kopf und ging auf und ab.

Norma kam zurück; sie hatte Don zu Bett gebracht. Sie setzte sich müde und füllte ihr Glas.

»Skol«, sagte sie und trank. »Mundin, was ist mit den Aktien?«

»Lavin – Norma – wenn Sie mich das noch einmal fragen, packe ich zusammen und gehe. Ich weiß es einfach nicht. Vielleicht können wir sie nicht liefern. Wenn nicht, dann nicht; ich habe einen schweren Tag hinter mir und kann im Augenblick keine weiteren Wunder wirken. Vielleicht können wir es Coett und den anderen morgen früh ausreden.«

»Vielleicht auch nicht«, sagte Norma, aber sie sah Mundins störrisches Gesicht und verstummte.

Gegen ein Uhr erschien Norvell Bligh. Mundin ließ ihn herein und sah ihn erstaunt an.

»Wollte nur wissen, ob Sie uns heute nacht noch brauchen«, sagte Norvell.

»Wer ist ›wir‹, Bligh?« fragte Norma.

»Ich und die Wabbits«, sagte er grinsend. »Lana hat mich auf dem Weg hierher aufgehalten. Ich soll euch sagen, die GG haben gegen zehn Uhr hier eine Streife vorbeigeschickt, aber die Wabbits befaßten sich damit; sie wissen nicht, ob man Ihren Bruder umbringen wollte oder nicht.«

Ryans Gesicht wurde noch blasser, aber er sagte nichts.

»Ich habe keine Wabbits gesehen«, sagte Norma argwöhnisch.

Bligh sah sie an.

»Die sehen Sie auch nicht.«

»Am besten gehen Sie heim«, meinte Mundin zweifelnd. »Heute nacht können Sie nichts mehr für uns tun.«

»Ich soll mich um meine eigenen Angelegenheiten kümmern,

nicht?« sagte Bligh. »Na gut. Wenn Sie noch etwas brauchen, müssen Sie es nur sagen.« Er grinste und ging zur Tür.

Harry Ryan hielt ihn zurück.

»Augenblick, Bligh. Mundin – Norma – kommt ihr eine Minute her?«

Mundin und das Mädchen beugten sich über ihn.

»Sollte man nicht mal sehen, ob er, na, ärztliche Pflege für Don beschaffen kann?« fragte er halblaut.

»Ryan, Sie haben mir selbst erklärt, daß das nicht geht!« fuhr Mundin auf. »G.M.L. läßt das nicht zu, nicht wahr? Illegale Anwendung von Konditionierungsmethoden; vierzehn Milliarden Dollar; wenn wir gegen das Gesetz verstoßen, wird G.M.L. –«

»Halten Sie den Mund«, sagte Norma. »Ryan hat recht. Die Lage hat sich verändert. Wir haben Deckung von Coett, Hubble und Nelson.«

Sie stritten sich minutenlang im Flüsterton, während Bligh gelassen an der Tür lehnte.

»Woher wissen Sie, daß Bligh uns helfen kann?« fragte Mundin zornig. »Wenn es nun nichts damit ist? Dann haben wir unsere Probleme klargemacht und sind nicht weiter als zuvor.«

»Lassen Sie es mich versuchen«, rief Bligh von der Tür her. »Mehr verlange ich nicht.«

Mundin funkelte ihn ungläubig an.

»Ich kann Lippen lesen«, sagte Bligh. »Ich bin nicht seit dreißig Jahren halb taub, ohne ein bißchen was gelernt zu haben. Lana findet bestimmt einen Arzt für Sie, glauben Sie mir. Sie brauchen sie nur zu fragen.«

Mundin sank in einen Sessel und stöhnte.

»Das ist das Ende«, sagte er bitter. »Ein Mitwisser nach dem anderen; ein Mund mehr.«

»Ich würde nichts gegen Lana sagen, Mr. Mundin«, erklärte Bligh erschrocken.

»Wer sagt etwas gegen sie? Aber sie ist dreizehn Jahre alt. Sie redet ganz bestimmt. Ich bestreite nicht, daß sie sehr nützlich gewesen ist, aber deshalb ist sie noch keine Superfrau. Nein, ich lehne es ab, sie einzuweihen.« Er verstummte. Bligh hatte erstickt aufgelacht. »Was ist denn jetzt los?« fragte er.

Norvie Bligh beherrschte sich.

»Nichts, Mr. Mundin. Sie – äh – unterschätzen Lana aber ganz gewaltig.«

»Sie ist erst dreizehn, Bligh!«

»Gewiß.« Er hustete verlegen und sagte in einem ganz normalen Ton: »Lana, komm rein.«

Die Falltür über der Treppe knarrte und öffnete sich. Lana stieg mit einem achtjährigen Begleiter gelassen herunter.

»Sehen Sie, Mr. Mundin, die Wabbits sind sehr gründlich«, erklärte Bligh. »Was ist, Lana – findest du einen Arzt, der dem jungen Mann helfen kann?«

Es dauerte ein bißchen – während der achtjährige Kurier zur Crib Row lief.

»Eine Frau, die Zweitonnen-Tessie heißt«, erläuterte Lana während seiner Abwesenheit. »Sie hatte einen Freund, der Arzt war. Als man sie holte und umpolte, war ihm keine andere Frau recht, und so –«

So hatte der Arzt einen anderen Arzt gefunden, einen Diagnostiker; und der Diagnostiker hatte aus Kollegialität einen Chirurgen gefunden ...

Es kostete ein langes Telefongespräch mit Coett, und eine ganze Menge von Coetts Geld.

Mundin murrte vor sich hin, aber sie hatten eine Spur.

Don Lavin legte sich einen Gehirntumor zu, und es gab sogar einen Einschnitt nach MacBurney als Beweis ...

Der Diagnostiker beschrieb Dons ›Tumor‹ als Spongiablastom, das häufigste und bösartigste Gliom. Er empfahl sofortiges chirurgisches Eingreifen – und kaufte sich dann einen neuen Cadillac-Hubschrauber mit automatischen Türen, Fenstern, Einstiegen und Servosteuerung.

Der Chirurg war noch bekannter – und teurer. Er entfernte das Spongiablastom in seiner eigenen Privatklinik – jedenfalls in derjenigen, wo das Gewebekomitee untersuchte, was er nach seinen Angaben aus Dons Schädel entfernt hatte, und das war unzweifelhaft ein Spongiablastoma multiforma. Der Chirurg baute sich anschließend einen neuen Klinikflügel ...

Aber damit eilen wir den Tatsachen etwas voraus ...

Norma, chronisch von Argwohn beseelt, starrte ihren Bruder an, der unter den Nachwirkungen der Narkose vor sich hinlallte.

»Er kann Don zu einem Idioten gemacht haben«, sagte sie zu Mundin. »Besser könnte er seine Spuren gar nicht verwischen.«

Mundin seufzte. Sie hatten bei der Operation zugesehen.

Norvell Bligh schob den Kopf zur Tür herein.

»Der Doktor kommt«, sagte er und zog sich wieder zurück.

Dr. Niessen fragte: »Schon eine Reaktion?«

Genau in diesem Augenblick öffnete Don die Augen und lächelte Norma an.

»Hallo, Schwesterchen. Fühl' mich schon besser.«

Norma brach in Tränen aus, und Dr. Niessen wirkte überaus erleichtert.

»Die Sperre prüfen?« meinte er, zu Mundin gewandt, aber Don sagte sofort: »Die Aktien, meinen Sie? Keine Sorge. Legitimation ein Bild von mir und meine Fingerabdrücke. Kein Schlüssel. Depositenfach bei der National-Bank Coshocton, Nummer 27 993. Und ein Kodesatz: ›Grau, teurer Freund, ist alle Theorie, und grün des Lebens goldner Baum.‹ Goethe«, fügte er hinzu. »Papa hat das oft gesagt, nachdem man ihn hinausgedrängt hatte. Es munterte ihn ein bißchen auf.«

Dr. Niessen nickte und sah die anderen an.

»Weißt du wieder alles, Don?« sagte Norma mit erstickter Stimme. »Alles?«

Ihr Bruder schnitt eine Grimasse.

»O je, gewiß! Fünfzig Stunden haben sie an mir gearbeitet, aber daran möchte ich lieber nicht denken.«

»Barbarisch«, sagte der Arzt leise. »Wir sind hier alle Gesetzesbrecher, aber ich bin froh, daß Sie zu mir gekommen sind, Mr. Kozloff –« Das war Don. »Mr. Kozloff, können Sie meine Vermutung bestätigen, daß die Hauptmethode Flacker-Rückkopplung war?«

»Ja, ich glaube schon. Wenn Sie damit meinen, daß einem in die Augen geleuchtet wird und man in Krämpfe verfällt. Und dann die Kerle in den Flaschen.«

»Flaschen?« sagte der Arzt scharf.

»Ja. Flaschen. Oder habe ich das geträumt?«

Der Arzt sah ihn besorgt an.

»Wenn es wirklich passiert ist, sollten Sie sich erinnern können«, sagte er ernsthaft. »Vielleicht eine weitere Reihe von –«

»Schluß damit!« schrie Don Lavin, und sie hatten zu dritt zu tun, um ihn wieder ins Bett zu bringen.

»Hör auf, Don«, sagte Norma. »Doktor, was meinen Sie?«

»Sie sagen mir, die Hauptsperre sei verschwunden«, meinte der Arzt achselzuckend. »Gibt es noch andere? Ich weiß es nicht. Fünfzig Stunden sind eine lange Zeit, und ich habe die Unterlagen nicht, ich weiß nicht, was sie ganz tief eingepflanzt haben.«

»Das ist nicht sehr befriedigend, Doktor«, sagte Norma.

»Soll ich eine neue Testreihe machen mit ihm?« Sie beruhigten Don erneut, und der Arzt fuhr fort: »Ich dachte mir schon, daß das nicht in Frage kommt. Wenn es Probleme gibt, bringen Sie ihn wieder her, das ist alles, was ich sagen kann.«

»Und Sie bauen sich einen weiteren Flügel, nehme ich an«, fauchte Norma.

Der Arzt sah sie an.

»Vielleicht«, sagte er. »Ich habe wohl nicht erwähnt, daß die Patienten in dem neuen Flügel, den ich bauen will, kostenlos behandelt werden.«

Sie wußte nichts zu sagen.

»Nun gut. Mr. Kozloff, ich glaube, Sie haben sich von Ihrem – äh – Tumor erholt. Einer meiner Kollegen wird Sie auf Reisefähigkeit untersuchen. Kommen Sie wieder zu mir, wenn sich etwas Neues ergibt. Möglicherweise haben wir Restgewebe übersehen. Und wenn es sich auf irgendeine Weise machen läßt, Mr. Kozloff, lassen Sie Ihre Schwester zu Hause.«

Bligh schloß hinter ihm die Tür. Don sah Norma an.

»Dein großer Mund ist nicht zu bändigen, was?« sagte er fröhlich.

Mundin ging hinaus, um zu rauchen und sich die Versöhnungsszene zu ersparen. Aber hören konnte er sie sogar hier draußen . . .

»Natürlich vermieten wir«, sagte der Geschäftsführer von Brinks-Fargo. »Habe ich richtig verstanden? Gepanzerter Hubschrauber zur National-Bank Coshocton, Übernahme von Wertpapieren unter Bewachung, sofortiger Flug nach Monmouth, und Sie sind zu viert immer dabei?«

»Richtig«, sagte Mundin.

»Zwölftausendfünfhundert Dollar«, sagte der Geschäftsführer nach kurzem Rechnen. »Unser größter und bester Hubschrauber, mit sechs Mann Bewachung.«

Sie bezahlten.

Es klappte wie am Schnürchen. Ein umgepolter Angestellter überreichte die Kassette mit den Zertifikaten für den unglaublichen Anspruch Don Lavins auf fünfundzwanzig Prozent G.M.L.-Kapital, und Mundin betrachtete sie staunend, während der Hubschrauber abhob. Dreieinhalb Milliarden Dollar Pariwert, sagte er sich immer wieder.

Sie redeten nicht viel auf dem Rückflug.

»Hat es geklappt, Don?« fragte Hubble.

»Wenn der Kurpfuscher nicht funktioniert hat, nachdem wir soviel hingelegt haben –« sagte Coett.

»Wieviel hat es gekostet?« fragte Nelson.

»Es geht mir gut, danke«, erwiderte Don höflich.

»Und wir sind über Coshocton hergekommen«, betonte Mundin. »Der Umweg mit Zertifikatkopien erübrigt sich, meine Herren.«

Sie betrachteten die Originale ehrfürchtig und strahlend.

»Wir können«, sagte Coett triumphierend. »Von der nächsten Aktionärsversammlung an. Drei Monate – Zeit genug, die Firma durchzuschütten und uns zu holen, was wir für eine Mehrheit brauchen. Mein Gott, eine Mehrheit! Zum Teufel mit Vollmachten aller Art!«

Mundin starrte die drei Finanzgiganten an und sah plötzlich Raubtiere im Dschungel. Er blinzelte, und die Illusion war verschwunden, aber er stellte sich G.M.L. als riesigen, hilflosen Pflanzenfresser vor, der von kleinen Raubtieren mit scharfen Zähnen gejagt wurde. Selbst Norma schien ähnlich zu empfinden, denn sie platzte heraus: »Vater hat nie gewollt –« Sie verstummte und sah die Verschwörer fassunglos an. Dann sagte sie müde: »Ach, zum Teufel damit. Entschuldigt mich. Ich stimme ohnehin nicht mit.« Und sie verließ das Zimmer.

»Also«, sagte Coett ungerührt, »es kann sein, daß Creen & Charlesworth sich interessieren. Ich glaube nicht, daß es dazu kommt, aber falls sie auftauchen sollten, versuchen Sie nicht, allein mit ihnen fertigzuwerden, Charles. Verstehen Sie?«

»Verstehe«, sagte Mundin. Green & Charlesworth. Versicherungs- und Bankierbank. Merkwürdig, daß der Name immer wieder auftauchtc.

»Ist das alles, worüber wir uns jetzt noch Sorgen machen müssen – um Green & Charlesworth?«

»Nein«, sagte Coett. »Es wird sehr mühsam, Mundin. Ein Konkursverfahren ist schwierig, selbst wenn die Konzernmasse relativ klein ist.«

»Und Sie wollen das wirklich durchfechten? Wir können nicht

versuchen, mit dem Stimmrecht durchzukommen oder auf der Börse zu manipulieren?«

»Damit würden wir nur Green & Charlesworth ins Spiel bringen. Nein, nein, Mundin. Schlichte Erpressung und Bestechung, Konkurs und Ruin – wir dürfen den Obstkarren nicht umstoßen.« Sein Gesicht war tatsächlich blaß geworden. Aber Mundin achtete nicht darauf, sondern sagte besorgt zu Don: »Was war denn mit Norma?«

»Vergessen Sie's«, meinte Don. »Vater wollte dies, und Vater gab sein Leben für jenes – genug. Sie meint, Vaters Erfindung sei eine heilige Verpflichtung, und wir hätten den Auftrag, sie zum allgemeinen Wohl einzusetzen.« Er grinste, aber sein Blick war so umschattet wie vor Dr. Niessens Eingriff. »Wen bevorzugen Sie beim Galatag?« fragte er.

18

»Sie müssen vorsichtig sein«, sagte Mundin. »Sagen Sie nicht, daß Sie G.M.L. vertreten. Sie handeln nur für einen Geschäftspartner.«

»Verstehe, Mr. Mundin«, sagte Norvie Bligh.

»Wenn wir nur offen auftreten könnten«, sagte Mundin dumpf. »Na, es wird schon werden. Haben Sie alles begriffen?«

»Gewiß, Mr. Mundin.« Er zwinkerte dem Anwalt zu. »Wir machen sie schon fertig, mein Freund«, sagte er und ging.

Später, vor Candellas Büro bei ›Unterhaltung für alle‹, war Bligh nicht mehr so zuversichtlich, aber der elektronische Sekretär holte Candella, und Bligh fühlte sich wieder auf dem Damm.

Candella kam hereingestürmt und lächelte breit.

»Norvie, mein Junge!« rief er. »Verdammt noch mal, ist das fein, Sie zu sehen! Wie ist es Ihnen ergangen, Teufel noch mal?«

»Morgen, Candella«, sagte Norvie knapp. Er gab Candella kurz die Hand und zog sie wieder zurück.

»Also«, sagte Candella herzlich. »Hm – äh!«

»Ich will mich kurz fassen«, sagte Norvie. »Sie haben meine Nachricht bekommen.«

»O ja, Norvie. Ja, gewiß, Sie sind hier, um –« Er schaute sich hastig um und sagte mit leiser Stimme: »Sie sind hier wegen – G.M.L.«

»Sprechen Sie lauter, Candella«, sagte Norvie scharf. »Ja, ich bin wegen G.M.L. hier. Nicht offiziell, versteht sich. Durchaus nicht offiziell!«

»Natürlich nicht, Norvie!«

Norvell nickte.

»Und Sie versprechen mir, daß Sie vertraulich behandeln, was ich Ihnen sage?«

»Aber natürlich, Norv –«

»Kein Wort zu irgendeiner Person?«

»Aber wieso denn –«

»Gut. Mit einem Wort, Candella, wir haben Beschwerden bekommen.«

Candellas Lächeln wurde starr.

»Beschwerden?«

»Ach, nicht über Sie. Ich habe keine Ahnung, wie gut oder schlecht Sie jetzt Ihre Arbeit machen, und außerdem hat das mit G.M.L. nichts zu tun. Meine Auftraggeber kämen nicht auf den Gedanken, sich bei einem anderen Unternehmen einzumischen.«

»Versteht sich!«

»Die Beschwerden gelten den Kuppelhäusern, Candella. Einer meiner Partner ist ein Großaktionär bei G.M.L. Wir haben – nun ja – Berichte bekommen. Ich will ganz offen sein; wir konnten die Quellen nicht ausfindig machen. Aber sie sind alarmierend, Candella; sehr alarmierend. So alarmierend, daß ich sie nicht wiederholen oder auch nur andeuten kann, was sie enthalten. Das begreifen Sie, nicht wahr?«

»Gewiß, Mr. – gewiß, Norvie!«

Norvell nickte wieder.

»Ich kann Ihnen nur ein paar Fragen stellen, ohne Ihnen zu verraten, warum ich sie stelle. Die achtundzwanzigtausend Kuppelhäuser, die ›Unterhaltung für alle‹ gepachtet hat, sind fast ausschließlich für Ehepaare bestimmt, nicht wahr? Wieviele von diesen Ehen sind kinderlos? Wieviele Kinder, die in Kuppelhäusern zur Welt kamen, sind verkrüppelt?«

Candella sah ihn betroffen an.

»Das weiß ich nicht«, sagte er, »aber –«

»Natürlich nicht«, sagte Norvell ungeduldig. »Ich möchte Ihnen auch keine direkten Fragen stellen, damit keine Gerüchte in Umlauf kommen. Aber wenn Sie das – im Geheimen, versteht sich! – klären könnten, wäre ich Ihnen für einen Anruf dankbar. Hier ist meine Nummer. Wohlgemerkt, ich biete Ihnen nichts an – das wäre unethisch. Aber ich und meine Partner wären sehr dankbar. Und das zeigen wir auch, Candella. Leben Sie wohl.«

Er nickte knapp.

»He, Norvie!« rief Candella. »Laufen Sie nicht so einfach weg! Können Sie nicht noch ein bißchen bleiben, auf einen Schluck, zum Essen –?«

»Tut mir leid, das geht nicht.«

»Aber alle haben sich so darauf gefreut, Sie wiederzusehen. Stimmens – ich weiß nicht, was ich sagen soll, wenn Sie nicht mit uns essen.«

Norvell zog die Brauen zusammen.

»Stimmens«, sagte er zerstreut. »Ach ja, Stimmens. Bedaure, Candella. Aber richten Sie Stimmens einen schönen Gruß aus und sagen Sie ihr, daß ich oft an sie denke.« Er ging.

Norvell hatte einen anstrengenden Tag. Nach Candella mußte er zu Hussein und in ein Dutzend Bars in Monmouth City. Am Abend war er erschöpft, glücklich und ziemlich betrunken. Seinen letzten Besuch machte er mit einer Mischung aus Traurigkeit, Zorn und Nostalgie.

Arnie Dworcas öffnete ihm die Tür.

Norvell versuchte es nicht mit den Tricks wie bei Candella; er war der alte Norvell, der wahre Freund, der scheue Schüler.

Arnie leerte sein Bierglas und wählte ein neues.

»Nein, Norvell«, sagte er, »ich finde nicht, daß Sie erfolgreich sind. Wir Ingenieure sehen das anders. Für uns ist ein Mechanismus ein Erfolg, wenn er mit Höchstleistung arbeitet. Sie haben sich aber in Belly Rave nicht durch eigene Kraft hochgearbeitet, sondern Glück gehabt, und jetzt sind Sie eben der Sekretär eines tüchtigen Mannes.«

»Es tut mir leid, Arnie«, sagte Norvell. Es war schwer zu entscheiden, ob es ihm lieber war, Arnie ins Gesicht zu lachen oder ihm mit dem Bierglas ein paar Vorderzähne auszuschlagen. »Mr. Mundin hält sehr viel von Ihnen und Ihrem Bruder, wissen Sie.«

»Natürlich«, sagte Arnie streng. »Das muß man eben alles lernen, wissen Sie. Gleich und gleich sucht sich, bei den Menschen wie in der Elektrostatik.«

»Ich denke, da stoßen sie sich ab –«

»Na bitte!« schrie Arnie. »Da fangen Sie schon wieder an! Der Laie! Der Haarspalter! Es sind Leute wie Sie, die –«

»Es tut mir leid, Arnie.«

»Na gut, nur keine Aufregung. Wirklich fähige Menschen verlieren nie die Beherrschung, Norvell! Dumm von Ihnen, sich wegen einer Kleinigkeit so aufzuregen.«

»Es tut mir leid, Arnie. Das habe ich zu Mr. Mundin auch gesagt.«

Arnie hob das Glas, und sein Arm erstarrte.

»Was haben Sie zu Mr. Mundin gesagt?«

»Na, daß Sie im Notfall nie die Nerven verlieren. Daß Sie ein erstklassiger Mann für die Leitung von – o je, Arnie, das hätte ich nicht sagen dürfen!« Norvell preßte beide Hände auf den Mund.

»Norvell, hören Sie auf zu stammeln und rücken Sie heraus damit!« sagte Arnie streng. »Leitung wovon?«

Norvie, der alle Mühe hatte, sich nicht zu übergeben, nahm die Hände vom Mund und sagte: »Na ja – es ist ja nicht so, als könnte ich Ihnen nicht trauen, Arnie. Es ist – es ist G.M.L.«

»Was ist damit?«

»Es ist noch zu früh, etwas Definitives zu sagen, und bitte, Arnie, lassen Sie ja kein Wort verlauten. Aber die Gerüchte über G.M.L. werden Sie wohl gehört haben.«

»Natürlich!« sagte Arnie, aber sein Blick war verschwommen.

»Mr. Mundin steht mit der – Coshocton-Gruppe in Verbindung. Und er sieht sich im Geheimen nach Leuten um, mit denen er die alten Knacker ersetzen will. Ich habe mir die Freiheit genommen, Sie zu erwähnen, Arnie. Mr. Mundin versteht nur nicht sehr viel vom Technischen, und er wußte nicht genau, wieviel Erfahrung Sie haben.«

»Sie brauchen nur die Fachzeitschriften zu lesen, Norvell. Nicht, daß ich bereit wäre, so nebenbei darüber zu sprechen.«

»Gewiß, gewiß! Mr. Mundin hat mich nur gefragt, an welchen G.M.L.-Modellen Sie gearbeitet haben – Seriennummern, Orte und so weiter. Und ich mußte ihm sagen, daß diese Information sicher verwahrt ist und Sie nicht an sie herankommen.«

Arnie schüttelte verwundert den Kopf.

»Laien«, sagte er. »Norvell, es gibt überhaupt keinen Grund, weshalb ich nicht Mikrofilme mit allen diesen Angaben beschaffen könnte.«

Norvell sah ihn anbetungsvoll an.

»Sie meinen, Sie könnten das wirklich?« rief er.

»Das habe ich doch gesagt, oder? Man braucht die Unterlagen nur durchzugehen und die Einheiten herauszusuchen, an denen ich gearbeitet habe, um dann Mikrofilme herzustellen –«

»Nehmen Sie lieber alles auf Mikrofilm, Arnie«, schlug Norvell vor. »Dann bekommt Mr. Mundin ein besseres Gesamtbild.«

Arnie zuckte humorvoll die Achseln.

»Warum nicht?«

»Vergessen Sie die Seriennummern nicht«, sagte Norvell.

Norvell traf sich später mit Mundin bei Hussein und erstattete Bericht.

Mundins Gesicht entspannte sich.

»So weit, so gut«, sagte er. »Und ich habe auch die Runde gemacht, wie Hubble, Coett und Nelson. Trinken wir etwas.«

»Danke, nein«, sagte Bligh. »Nach Belly Rave ist ein weiter Weg, und meine Frau ist ganz allein, abgesehen vom Kind.«

»Hören Sie, Bligh, warum bleiben Sie in Belly Rave?« sagte Mundin. »Wenn es ums Geld geht –«

Norvell schüttelte den Kopf.

»Sie zahlen mir genug. Um die Wahrheit zu sagen, ich habe mich an Belly Rave gewöhnt. Solange ich dort nicht bleiben muß, verstehen Sie, spricht wirklich allerhand dafür.«

»Wirklich?«

Norvie lachte.

»Vielleicht nicht gerade viel. Auf jeden Fall bleibe ich noch eine Weile. Und jetzt muß ich gehen.«

»Ich dachte, Sie haben einen Wächter?«

»Ach, Shep meinen Sie? Er arbeitet nicht mehr für mich. Er hat einen Zusammenstoß mit einem Bleirohr gehabt.«

19

An der Tür stand: ›Ryan & Mundin, Rechtsanwälte‹. Die Büros nahmen ein ganzes Stockwerk in einem sehr guten Gebäude ein.

Del Dworcas mußte ein paarmal tief einatmen, bevor er die Tür aufstieß und sich bei einer blonden Sekretärin mit reifen Kurven meldete. Zu Mundins kleineren Vergnügungen gehörte dieser Tage,

Vertretern für automatische Büroanlagen klarzumachen, was sie mit ihrer Ware anfangen konnten.

»Bitte, nehmen Sie Platz, Mr. Dworcas«, flötete das Mädchen. »Mr. Mundin läßt Ihnen mitteilen, daß Sie dann ganz bestimmt gleich der Nächste sind.«

Das gute Dutzend Personen im Wartezimmer starrte Dworcas erbost an. Als Berufspolitiker fiel es ihm jedoch nicht schwer, mit seinen nächsten Nachbarn ein Gespräch anzufangen. Einer war Petrochemiker, der gehört hatte, daß bei Ryan & Mundin Beraterposten zu vergeben seien. Ein anderer war der tüchtige junge Mann eines Verlegers, der in Ryans sensationellem Comeback eine tolle Geschichte witterte und einen Exklusivvertrag abschließen wollte. Die übrigen schienen Sonderlinge, Anwälte und potentielle Mandanten zu sein.

Dworcas bekam trotz seiner Geschicklichkeit nur heraus, daß Ryan & Mundin raketengleich im Aufstieg waren, und daß weitsichtige Leute sich anhängen wollten.

Endlich nickte ihm die Sekretärin zu. Ein junger Mann mit harter Miene und dem Abzeichen ›Führer‹ nahm ihn mit.

Ryan & Mundin betrieben die seltsamste Anwaltskanzlei, die Dworcas je gesehen hatte. Anwaltskanzlei ... Komplett ausgestattet mit Chemielaboratorien und Küchen, Wohnungen und einem Fernsehstudio, mit Räumen, die ihm versperrt waren und offenen Zimmern, die ihm Rätsel aufgaben.

Der junge Mann führte Dworcas in eine Nische, wo schillerndes, violettes Licht aufflammte; der Führer blickte auf ein Oszilloskop.

»Sie sind sauber«, sagte er. »Da rein.«

»Sie haben mich durchsucht!« sagte Dworcas entsetzt. »Mich! Mr. Mundins ältesten Freund!«

»Das ist fein!« sagte der Ah-raber. »Da rein.«

Dworcas ging durch die Tür.

»Hallo, Del«, sagte Mundin zerstreut. »Was wollen Sie?« Er blickte auf eine Liste, sagte: »Entschuldigen Sie« und griff nach einem Telefon. Fünf Minuten später legte er auf, sah Dworcas an und griff nach einer zweiten Liste.

»Charlie –« sagte Dworcas sanft.

Und wartete.

Mundin sah ihn gereizt an.

»Na?«

Dworcas drohte ihm lächelnd mit dem Finger.

»Charlie, Sie behandeln mich nicht richtig. Wirklich nicht.«

»Ach, Quatsch«, sagte Mundin müde. »Hören Sie, Del, das Geschäft floriert. Ich bin beschäftigt. Was wollen Sie?«

»Hübsches Büro haben Sie«, sagte Dworcas. »Hat Ihnen das G.M.L. eingerichtet?«

»Was meinen Sie?«

Dworcas lächelte noch immer.

»Erinnern Sie sich, wer Sie zu G.M.L. gebracht hat?«

»Ach ja, da ist was dran«, gab Mundin zu. »Es wird Ihnen aber nicht viel nützen. Ich habe keine Zeit für Gefälligkeiten. Ein andermal höre ich aufmerksamer zu.«

»Das sollen Sie jetzt tun, Charlie. Ich möchte Sie als Anwalt für den Bezirksausschuß.«

Mundin starrte ihn an.

»Ich soll für den Bezirksausschuß arbeiten?«

»Ich weiß, das klingt nach nichts. Aber daraus kann sich allerhand entwickeln, Charlie. Sie können etwas daraus machen. Und wie steht es mit uns, Charlie? Sie schulden mir – der Partei – uns allen etwas dafür, daß wir Sie zu den Lavins gesteuert haben. Darf man uns jetzt im Stich lassen? Ich bin nicht zu stolz fürs Betteln, wenn es sein muß. Halten Sie sich an die Partei, mein Junge!«

Es wirkte nicht.

»Tut mir leid, Del«, sagte Mundin.

»Charlie!«

»Del, Sie alter Gauner«, sagte Mundin ungeduldig, »worauf wollen Sie hinaus? Ich habe Ihnen nichts anzubieten – selbst wenn Sie meine anderen Klienten überbieten könnten. Was Sie nicht können.«

Dworcas beugte sich vor.

»Ich habe Sie unterschätzt, Charlie«, räumte er ein. »Ich will Ihnen die Wahrheit sagen. Nein, zur Zeit haben Sie nichts zu verkaufen. Aber – es brodelt was auf dem Herd. Das rieche ich, Charlie. Mir entgeht so etwas nicht. Ich spüre es ganz genau.«

»Was spüren Sie?« fragte Mundin aufmerksam.

»Kleinigkeiten«, sagte Dworcas achselzuckend. »Jimmy Lyons, zum Beispiel. Erinnern Sie sich?«

»Klar.«

»Er ist nicht mehr Captain Kowaliks Mann. Der Captain hat ihn nach Belly Rave versetzt. Er ist schon zweimal mit einem Messer verletzt worden. Warum? Ich weiß es nicht. Jimmy war ein

Schweinehund, richtig; es geschieht ihm recht. Aber warum ist es dazu gekommen? Und was ist mit Kowalik? Er magert ab. Er kann nachts nicht schlafen. Er wollte mir nicht sagen, woran es liegt. Ich habe mich anderswo erkundigt. Kowaliks Problem ist, daß Sabbatino nicht mehr mit ihm redet.«

»Und was ist mit Sabbatino los?« sagte Mundin.

»Machen Sie keine Witze mit mir, Charlie. Sabbatinos Problem ist ein Mann namens Wheeler, der neulich lange mit ihm gesprochen hat. Ich weiß nicht, worüber. Aber ich weiß etwas, Charlie. Ich weiß, daß Wheeler für Hubble arbeitet, und Hubble ist einer Ihrer Klienten.«

Mundin legte seinen Bleistift weg.

»Und was gibt es sonst Neues?«

»Machen Sie keine Witze, Charlie. Das habe ich mit Ihnen auch nicht gemacht – na ja, nicht oft, meine ich. Die Leute im 27. Bezirk sind alle durcheinander. Es heißt, sie sollen alle in G.M.L.-Häuser kommen. Das gefällt den Alten nicht. Den Jungen schon, und deshalb gibt es Streit in den Familien. Jeden Tag, die ganze Nacht hindurch, Geschrei und Gebrüll, manchmal Messer. Jeden Tag ein Dutzend Polizeieinsätze. Ich habe meinen Bruder gefragt, der bei G.M.L. arbeitet. Sie kennen ihn ja, er ist ein Trottel. Aber er fühlt, daß in der Organisation etwas vorgeht. Was?«

Ein Sekretär – Dworcas sah voll Verblüffung, daß es Bligh war – streckte den Kopf herein und sagte: »Entschuldigen Sie, aber der Hubschrauber wartet.«

»Verdammt«, sagte Mundin. »Hören Sie, Norvie, bedanken Sie sich und bitten Sie um fünf Minuten Geduld. Ich bin gleich fertig.« Er sah Del Dworcas an.

Dworcas stand auf.

»Sie haben viel zu tun. Nur noch eines. Was wollten Sie von meinem Bruder?«

Mundin stand da und machte den Eindruck eines Mannes, der aus Höflichkeit bemüht ist, die Antwort auf eine unwichtige Frage zu finden.

»Schon gut«, sagte Dworcas. »Ich frage Sie ein andermal. Sie sollen sich nur merken, daß ich es ehrlich meine.«

»Leben Sie wohl, Del«, sagte Mundin freundlich.

»Danke, Norvie«, sagte er einen Augenblick danach. »Das haben

Sie sehr geschickt gemacht. Möchte nur wissen, was er gemeint hat, als er von Arnie sprach.«

»Wahrscheinlich hat Arnie erwähnt, daß ich bei ihm war.«

Mundin nickte nachdenklich.

»Na schön. Gehen wir zu Ryan. Wir sollten uns beeilen. Der Hubschrauber startet wirklich in zwanzig Minuten.«

Mundin erstattete Ryan, der an seinem Schreibtisch mit großer Würde geschnarcht hatte, Bericht über das Gespräch mit Dworcas. Ryan rieb sich die Hände.

»Die Schritte Eins bis Vierundzwanzig wirken also«, sagte er. »Die absolut vertrauenswürdige G.M.L. beginnt leise zu schwanken. Wir spüren die Unruhe, die das ganze Gebäude zum Einsturz bringen wird.«

Mundin griff nach einem Telex.

»Paßt zu der Meldung aus Princeton Junction, denke ich«, sagte er ohne Begeisterung. »Über eine Doktorarbeit mit dem Titel: ›Homeostastis im Heim: Eine Untersuchung möglicher Nachteile von Gebäuden mit Klimakontrolle‹.«

Ryan nickte.

»Die ersten Auswirkungen«, sagte er. »Die Leute stellen in Frage, was bisher nie angezweifelt worden ist. Aber Dworcas ist noch wichtiger. Es gibt keine Meinungsumfrage von solcher Genauigkeit wie das Urteil eines Berufspolitikers.« Er lachte in sich hinein. »Ein sehr hübscher Mief von Zweifeln und Verwirrung. Die sich ausbreitenden Gerüchte über die Möglichkeit von Sterilität in G.M.L.-Gebäuden – wunderbare Idee von Ihnen.«

»Wunderbar«, sagte Mundin düster. »Zweifel und Verwirrung. Jede Nacht Messerstechereien im 27. Bezirk.« Er spürte Reue, als er sah, wie Ryans Gesicht lang wurde. »Entschuldigen Sie, Mr. Ryan –«

»Nein, nein.« Ryan zögerte. »Wissen Sie noch, in welcher Verfassung ich war, als wir uns kennengelernt haben? Es lag zum Teil an Green & Charlesworth, zum Teil an meinem Gewissen. Überfordern Sie das Ihre nicht, Charles . . .«

Sie flogen mit dem Hubschrauber nach Washington.

»Wir brauchen eigene Maschinen«, knurrte Mundin. »Es wird immer mühsamer. Kümmern Sie sich darum, ja, Norvie?«

Bligh machte eine Notiz.

»Was ist mit Dels Bruder?« fragte Mundin. »Wir können nicht

mehr warten. Wir brauchen die Seriennummern, oder die heutige Arbeit und der ganze Aufbau sind umsonst.«

»Genügt es bis morgen?«

»Gut, gut«, sagte Mundin dumpf. Er zog Unterlagen aus der Aktentasche, studierte sie kurz, schob sie gereizt wieder hinein.

»Gewissen, Charles«, sagte Bligh und zwinkerte ihm zu.

»Späße helfen da nicht, Norvie. Sie wissen nicht, wie das ist. Sie haben nicht die Verantwortung. Unterhalten wir uns. Wie steht es bei Ihnen?«

Bligh überlegte.

»Hm«, sagte er. »Virginia ist schwanger.«

Mundin war entsetzt.

»Norvie, das tut mir aber leid!« rief er. »Hoffentlich machen Sie keine Dummheiten –«

Bligh grinste.

»Ach, keine Spur«, sagte er. »Das Kind ist von mir. Als erstes habe ich sie zu einem Immunochemiker geschleppt und das geklärt. Gute Sache; ich hätte ihr das Genick gebrochen. Und wie geht es Ihrem Mädchen?«

»Wie?«

»Norma. Oder Lavin.«

»O nein, Norvie. Da liegen Sie ganz falsch. Wir können einander nicht riechen, und –«

»Klar, Boss«, sagte Bligh beruhigend. »Sagen Sie, Charles, können wir die Zuwendungen für die Wabbits nicht erhöhen? Lana macht Andeutungen in dieser Richtung. Und meine Kleine sagt, daß sie sich wirklich anstrengen.«

»Warum nicht? Wie geht es Ihrer Stieftochter eigentlich?«

Bligh grinste.

»Ich bin fast stolz auf sie. Fünf Tage hintereinander kam sie windelweich geprügelt heim. Am sechsten Tag hatte sie nicht mal einen Kratzer. Sie ist jetzt Truppführerin bei den Wabbits. Und sie macht den Mund zu, wenn sie kaut, und sagt ›Sir‹ zu mir.«

Mundin begriff plötzlich.

»Deshalb wohnen Sie immer noch in Belly Rave, nicht?«

»Na ja, vielleicht zum Teil deshalb. Aber es spricht auch einiges für Belly Rave. Wenn man einen Wassertank einbaut und einen Generator und alles herrichtet – es ist einfach lebendig dort. Ich gelte als eine Art führende Gestalt in der Kommune, Charles. Wir haben eine richtige freiwillige Polizei geschaffen – und –«

»Wer weiß?« sagte Mundin grinsend. »Eines Tages heißt der erste Bürgermeister von Belly Rave vielleicht Norvell Bligh.«

Der kleine Mann wurde plötzlich grau.

»Machen Sie sich lustig, über wen Sie wollen«, sagte er. »In Wirklichkeit mögen mich die Leute, ich tue etwas für sie, in kleinem Maßstab, gewiß, aber immerhin etwas. Und für die Millionen Ausgestoßenen muß etwas getan werden. Von innen, Charles! Ich bin ein komischer kleiner Mann, ich bin taub, und Sie dachten automatisch, Virginia hätte mir Hörner aufgesetzt. Und was tun Sie für Belly Rave, großer Mann?«

Mundin wollte sich mit erstickter Stimme entschuldigen, aber Bligh winkte ab.

»Spielt keine Rolle«, sagte er. »Da ist Washington.«

Im Museum der Nationalen Vereinigung der Erbauer des Amerikanischen Traums sprach Mundin mit Dr. Proctor, dem Kurator.

»Mein Klient hat mich gebeten, das Museum zu besichtigen und ihm zu berichten, welche Abteilung Zuwendungen am meisten verdient.«

»Ah! Bitte, wenn ich Sie führen darf, Sir. Hier ist die Hohltiersammlung –«

»Ich glaube, wir möchten zuerst den Saal ›Grundlagen‹ sehen«, sagte Mundin ruhig.

»Das ist doch eine reine Touristenfalle. Apparätchen und Spielzeug. Die Hohltiere dagegen – eine Spezialität von mir –«

»Norvell, ich fürchte, Doktor Proctor ist an unserem Geld gar nicht interessiert«, meinte Mundin traurig.

»Schade«, sagte Bligh. »Na, der Hubschrauber wartet ja.«

Dr. Proctor stotterte etwas und führte sie zum Saal ›Grundlagen‹. Sie betrachteten ernsthaft die erste Nähmaschine, den ersten Telegraphen, das erste Telefon, das erste Flugzeug, den ersten Ford Modell T, den ersten Atomreaktor, das erste G.M.L., die erste Gleitstraße.

Sie blieben staunend vor dem ersten G.M.L.-Kuppelhaus stehen.

›Nr. 342371
Das erste G.M.L.-Haus, das je gebaut wurde.
Gestiftet von Mr. Hamilton Moffatt, ›Vater des Kuppelhauses‹.
Dieses G.M.L.-Haus, das ursprünglich in Coshocton,

Ohio, stand, wurde in der Fabrik von Donald Lavin hergestellt. Elektrische Schaltkreise und Mechanismen von Bernard Gorman. Es steht seit über fünf Jahrzehnten ohne Beschädigung oder Defekt. Chemiker und Ingenieure schätzen, daß es ohne jede Wartung weitere 1000 Jahre überdauern wird, zum ewigen Andenken an das unsterbliche Genie von –

Mr. Hamilton Moffatt‹

»Tatsächlich«, murmelte Mundin, und Dr. Proctor führte ihn und Bligh durch das Kuppelhaus.

In Proctors Büro sagte Mundin: »Ich glaube, ich kann definitiv erklärten, daß mein Klient daran interessiert wäre, hunderttausend Dollar zu stiften, die nach Ihrem Gutdünken zwischen der Halle ›Grundlagen‹ und der Sammlung ›Hohltiere‹ aufgeteilt werden können.«

»Du meine Güte«, sagte Proctor strahlend. »Du meine Güte! Wollen Sie nicht doch einen kleinen Schluck – nein? Aber ich vielleicht, nicht wahr? Das muß man begießen! Eine sehr kluge Entscheidung, Sir! Es ist äußerst selten, daß man einen Laien findet, der die ökologische Bedeutung und erregende Morphologie des Hohltiers zu erkennen vermag!« Er hob sein Glas. »Auf das Hohltier!«

Mundin kramte in seiner Aktentasche und zog einen ausgeschriebenen Scheck, ein Dokument in zweifacher Ausfertigung und einen kleinen, flachen Behälter heraus, in dem es gurgelte.

»Passen Sie jetzt genau auf, Doktor Proctor«, sagte er. »Sie persönlich verdünnen den Inhalt dieses Behälters mit einem Liter Leitungswasser. Füllen Sie eine gewöhnliche Gartenspritze damit und besprühen Sie das G.M.L.-Haus im Saal ›Grundlagen‹ von außen. Das kann keine zehn Minuten dauern, wenn Sie eine gute Spritze haben. Sie achten natürlich darauf, daß niemand Sie dabei sieht. In Ihrer Position sollte das einfach genug sein. Das wäre alles.«

Dr. Proctors Augen traten aus ihren Höhlen, und der spuckte den ganzen Schluck aus seinem Glas über den Schreibtisch. Keuchend und ächzend stieß er endlich hervor: »Mein lieber Herr! Wovon reden Sie eigentlich? Was ist in dem Behälter? Warum sollte ich etwas derart Unsinniges tun?«

»Ich behandle Ihre Fragen der Reihe nach«, antwortete Mundin gelassen. »Ich rede von hunderttausend Dollar. Was in dem Behälter ist, hat einen Wert von hunderttausend Dollar. Sie sollten es tun wegen einhunderttausend Dollar.«

Dr. Proctor wischte sich, fast sprachlos, den Mund.

»Aber – aber – wenn Sie mir versichern würden, daß die Flüssigkeit völlig harmlos ist –«

»Das tue ich nicht! Da, wo ich herkomme, kann man für hunderttausend Dollar ungestraft eine ganze Menge Schaden anrichten.« Mundin lächelte frostig. »Na, kommen Sie, Doktor. Denken Sie an hunderttausend Dollar! Denken Sie an die ökologische Bedeutung und erregende Morphologie. Und dann unterschreiben Sie die Quittung hier und nehmen den Scheck.«

Dr. Proctor starrte den Scheck an.

»Er ist einen Monat vorausdatiert!« sagte er dumpf.

Mundin zuckte die Achseln und begann wieder einzupacken.

»Tja, wenn Sie sich auf Haarspaltereien verlegen –«

Dr. Proctor riß den Scheck an sich, kritzelte seinen Namen auf die Quittung und legte den Behälter verstohlen in seinen Schreibtisch.

Im Hubschrauber sahen Mundin und Bligh einander an.

»Genau nach Plan, Charles«, sagte Bligh ernsthaft.

Mundin schüttelte staunend den Kopf.

»Ja, Norvie. Genau nach Plan.«

Sie waren vor Büroschluß wieder in der Kanzlei, und Bligh saß noch nicht, als Mishal einen Besucher ankündigte.

»Herein damit, Mike«, sagte Bligh zu dem Ah-raber. »Nein, lassen Sie, ich hole ihn selbst.« Norvie hastete hinaus. »Arnie!« sagte er erfreut. »Kommen Sie rein, kommen Sie rein!« Er führte Arnie durch Flure, um Ecken, durch die Labors und Aufenthaltsräume, ununterbrochen plaudernd. Es gab einen kürzeren Weg, aber er führte nicht an den Labors und Aufenthaltsräumen vorbei.

»Bier, Arnie?« sagte Bligh in seinem Büro. Er drückte auf einen Knopf; Miss Prawn kam herein und betätigte die Wählscheibe für sie. »Nicht diese Stühle, bitte. Etwas Bequemeres.« Miss Prawn wählte zwei riesige Sessel.

Arnie trank sein Bier mit einiger Mühe.

»Es ist Ihnen wohl klar, daß ich mich für Sie ziemlich exponiert habe«, meinte er.

»O nein, Arnie! Bitte! Wie meinen Sie das?«

Arnie sah sich in dem großen Raum achselzuckend um.

»Ach, nichts; ich gönne es Ihnen von Herzen«, meinte er. »Schließlich zählt Freundschaft viel mehr. Und als Sie mich als Freund gebeten haben, die Registernummern und Örtlichkeiten der G.M.L.-Einheiten zu beschaffen, habe ich das natürlich getan. Allerdings habe ich nie damit gerechnet, daß nebensächliche Daten zu einem solchen Aufruhr führen könnten. Firmengeheimnisse, die einen tüchtigen Techniker behindern, bedeuten Leistungsminderung, und Leistungsminderung ist ein Verbrechen. Aber – trotzdem alles für Sie und Charles Mundin.«

»Ich hätte nie gedacht, daß Sie Schwierigkeiten haben würden!« sagte Norvie, der Wahrheit zuwider. »Aber Sie haben sie?«

Arnie zog die Brauen hoch.

»Versteht sich, Norvell! Alles auf Mikrofilm. Alles dabei. Aber –«

»Her damit«, sagte Bligh scharf.

Er bekam die Mikrofilme endlich in die Hände und sah sich die Indexlisten an. Alles da – Seriennummern, Daten, Örtlichkeiten, Wartungsgeschichte.

»Arnie«, sagte er leise, »stehen Sie auf, ja?«

Der Ingenieur runzelte die Stirn.

»Was ist denn?« Er stand auf.

Norvell Bligh legte den Mikrofilm in seine Schublade.

»Arnie«, sagte er. »Das haben Sie nicht aus Gefälligkeit für mich getan, sondern weil Sie dachten, es bringt Ihnen eine bessere Stellung ein.«

Arnie wurde rot und sagte streng: »Norvell, ein Freund kommt nicht auf die –«

»Halten Sie den Mund, Arnie. Neulich haben Sie von ›Zerstörungstests‹ gesprochen, nicht? Das wollen wir mal versuchen.«

Er holte aus. In den nächsten drei Minuten mußte er an Kopf und Ohren allerhand einstecken, aber dann lag Arnie am Boden und versuchte die Blutung aus der Nase zu stillen, während Norvie noch auf seinen Beinen stand.

»Adieu, Arnie«, sagte er fröhlich und läutete dem Führer. »Mishal zeigt Ihnen den Weg.«

Er ging zu dem Chemielabor hinter verschlossenen Türen und warf den Film auf den Schreibtisch, an dem Mundin saß und verfolgte, wie die goldene Flüssigkeit in die emaillierten Behälter rann. Mundin griff sofort danach.

»Weg von dem Zeug, um Gottes willen!« rief er.

Norvell grinste.

»Richtig«, sagte er. »Wenn der Film zerstört wäre, würde es uns schwerfallen, aus Arnie noch etwas herauszuholen. Ich habe ihn verprügelt.«

Was eine Übertreibung war – unter den Umständen eine verzeihliche.

Norvell hielt sich an den Armlehnen fest und sagte: »Norvie, sind Sie sicher, daß Sie das Ding fliegen können? Es ist immerhin wesentlich größer als alles bei ›Unterhaltung für –‹«

»Keine Sorge«, sagte Bligh kurz. Der Hubschrauber schoß in die Nacht empor, und Norvell stellte den Kurs auf Coshocton ein.

Er drehte sich lässig um.

»Das wär's. Spielen wir Karten? Der Flug dauert seine Zeit.«

Mundin schüttelte den Kopf.

»Ich bin ziemlich nervös«, gestand er.

»Ach, es wird alles klappen«, sagte Norvie beruhigend.

Der kleine Mann hatte sich in wenigen Wochen beträchtlich verändert. Mundin hoffte nur, daß der neue Norvell Bligh den Hubschrauber wirklich steuern konnte.

Bligh schaltete die Innenbeleuchtung ein und nahm sich eine Zeitschrift vor. Mundin lehnte sich zurück, versuchte sich zu entspannen und dachte über die Ereignisse einer einzigen Woche nach.

Alles schien planmäßig zu verlaufen. Ryan, vollgestopft mit neuen Drogen, ging und sprach wie ein Mann, obwohl der Zusammenbruch früher oder später kommen würde. Trotzdem – er war glücklich, und, wichtiger noch, er hatte die Lavins unter Kontrolle. Norma Lavin arbeitete sogar ein wenig mit, und Don genoß das Leben, war aber zur Stelle, wenn man ihn brauchte; dafür sorgte Norma.

Und die drei stillen Teilhaber Hubble, Coett und Nelson hatten Mundin dazu beglückwünscht, wie er ihr Geld ausgab. Bei ihrem letzten Zusammensein hatte Hubble allerdings eine Sorge zur Sprache gebracht.

»Wir erreichen Green & Charlesworth nicht, Charles«, sagte er.

Coett machte ein finsteres Gesicht, aber Hubble sagte sofort: »Fangen Sie nicht wieder an, Harry. Wie kann Charles vernünftig arbeiten, wenn wir nicht offen zu ihm sind?«

Green & Charlesworth, dachte Mundin. Schon wieder.

»Was meinen Sie, Bliss?« fragte er.

»Die Lage ist einfach nicht normal, Charles«, sagte Hubble achselzuckend. »Wir drei scheinen zu Green & Charlesworth einfach nicht durchzudringen. O gewiß, wir machen Geschäfte mit ihnen, aber es gibt keine richtige Verständigung.«

»Stoße ich irgendwann auf Green & Charlesworth?« fragte Mundin.

Sie lächelten höflich und meinten, nein, das sei nicht wahrscheinlich.

»Aber wenn sie auftauchen, dann versuchen Sie nicht allein damit fertigzuwerden, Charles«, mahnte Hubble. »Kommen Sie zu uns.«

Nelson nickte sorgenvoll.

»Offen gesagt, wir wissen nicht, wie sie zu den Dingen stehen, Charles«, erklärte er. »Bliss und ich glauben, daß es ihnen so oder so egal ist. Harry meint, sie wären für uns, nicht, daß sie G.M.L.-Aktienbesitzer vertreten, aber sie haben, nun, moralischen Einfluß.« Er schluckte. »Aber wir dringen nicht durch.«

»Soll ich sie aufsuchen?« fragte Mundin.

Sie lächelten erschrocken und schüttelten die Köpfe.

»Ich glaube, sie wissen, was wir treiben. Sie kennen jedes Manöver von uns und haben sich nur noch nicht festgelegt. Noch nicht.«

Mundin sah die drei Titanen staunend an.

»Wen meinen Sie eigentlich genau mit ›sie‹?«

Man war sich uneinig. Coett war der Ansicht, Green & Charlesworth seien die Spitzenleute der Memphis-Gruppe, plus der Gruppe ›organische Chemie‹ und der Gruppe ›Stromversorgung‹ in Neu-England. Er selbst vertrat hauptsächlich den Südwesten und die anorganische Chemie.

Nelson, aus Neu-England, Nichteisen-Metalle, vermutete, daß Green & Charlesworth wohl Kalifornien verträten, Kohle-Öl-Stahl und Massenmedien.

Hubble, Massenmedien und New York, sagte, das könne nicht sein. Er meine, Green & Charlesworth seien in erster Linie Finanziers.

Darüber bestand Einigkeit.

»Ich muß mir jetzt ganz klar werden«, sagte Mundin. »Würden wir das ganze Projekt abblasen, wenn Green & Charlesworth dagegen wären?«

Sie sahen ihn an wie einen Zweijährigen.

»Wenn wir könnten, mein Junge«, sagte Harry Coett grimmig. »Reden Sie nicht davon. Ich glaube nicht, daß das möglich wäre.

Aus Rührei wieder ganze Eier zu machen, wäre ein Kinderspiel dagegen. Zumindest würden wir ganz wesentliche Beträge verlieren ... Aber für mich steht fest, daß es nur darum geht, sich mit ihnen in Verbindung zu setzen. Schließlich tun wir ja einen Schritt vorwärts. Und Green & Charlesworth waren immer auf der Seite des Fortschritts.«

»Reaktion«, sagte Nelson.

»Liberal«, behauptete Hubble.

»Aber wer sind sie denn?« sagte Mundin scharf. »Wo sind sie? Gibt es wirklich einen Mann namens Green, einen Mann namens Charlesworth?«

»Ihre Büros haben sie im Empire State Building – das ganze Gebäude gehört ihnen«, sagte Hubble. Er hustete. »Ich habe Sie damals angeschwindelt, als wir vorbeifuhren. Entschuldigen Sie. Ich kannte Sie noch nicht so gut.«

Mundins Brauen kletterten in die Höhe.

»Aber in New York? Ich dachte, nach der Bombardierung sei die ganze Stadt für unbewohnbar erklärt worden?«

Hubble schüttelte den Kopf.

»Das soll man wohl annehmen, Charles. Sie sind aber da. Man sieht nachts die Lichter im Gebäude – die einzigen in der ganzen Stadt. Es ist kein Leuchtfeuer, wie die Menschen meinen. Aber einen wirklichen Mr. Green und Mr. Charlesworth – nein. Oder wahrscheinlich nein, sollte ich sagen. Der Firmenname ist an die zweihundert Jahre alt, also ... Aber ich gebe zu, ich weiß es nicht genau. Wenn man hingeht, trifft man nie jemanden von Bedeutung. Angestellte, kleine Direktoren, Abteilungsleiter. Man macht Geschäfte mit ihnen, und es dauert oft Wochen, bis sie eine Entscheidung treffen. Na – ich gratuliere, Charles. Sie wissen jetzt soviel über Green & Charlesworth wie alle anderen. Aber denken Sie daran, wenn sie irgendwo auftauchen, oder wenn Ihnen etwas Besonderes auffällt, so daß Sie den Verdacht haben, sie könnten sich einmischen; geben Sie sofort Alarm. Wir kümmern uns darum.«

»Aber das ist nur eine Vorsichtsmaßnahme«, erklärte Coett. »Es wird keine Schwierigkeiten geben, davon bin ich überzeugt. Sie stehen auf unserer Seite, wenn es darauf ankommt. Schließlich sind sie ja progressiv.«

»Reaktionär!« sagte Nelson.

»Liberal!« behauptete Hubble.

»Coshocton!« rief Norvell Bligh. »Endstation!«

Mundin fuhr hoch und schaute sich betäubt um. Der Hubschrauber beschrieb einen Bogen und sank herunter.

Unten lag Coshocton, die durchschnittlichste Stadt im durchschnittlichsten Bundesstaat der Union.

»Finden Sie die Kuppelstadt?« fragte Mundin.

»Wir sind schon da. Raus mit der Wasserpistole.«

Es war keine Wasserpistole, sondern ein am Rumpf befestigter Tank unter Frigendruck. Mundin betätigte einen Bowdenzug, um die Düse zu öffnen; die Nadel an der Skala vor seinen Augen zeigte an, daß die ›Wasserpistole‹ spritzte.

»Erster Anflug«, befahl Mundin.

Der Hubschrauber schwebte tausend Fuß über der Kuppelstadt, einen Sprühregen aus goldener Flüssigkeit hinter sich herziehend. Die Tropfen verdunsteten zum Teil, aber die Flüssigkeit war schwer, und sie erreichte die Kuppelhäuser noch in solcher Menge, daß sie einen leichten Überzug bekamen.

Viermal flog Bligh die Kuppelstadt an, bis die ganze Flüssigkeit versprüht war. Dann trat er den Rückflug an und ließ die schimmernden Kuppeln zurück, die an einen Konzern für seine Angestellten verpachtet waren. Der Konzern gehörte unter anderen Mr. Nelson, der zu Hause saß und mit zusammengebissenen Zähnen errechnete, was ihn die nächtliche Arbeit von Mundin und Bligh kostete.

Bligh verteilte Zigarren.

»Es ist ein Junge«, erzählte er stolz jedem, der es hören wollte. »Ich habe selbst ins Fötoskop schauen dürfen. Der schönste 40-Tage-Embryo, den der Arzt je gesehen hat. Bei Gott, wenn der Junge auf der Welt ist, sorge ich dafür, daß er alle Vorteile genießt, die –«

Charles Mundin kam aus seinem Büro.

»Morgen!« schrie Norvie. »Ein Junge, Boss! Der Arzt ist begeistert. Einc Zigarre?«

»Gratuliere«, sagte Mundin säuerlich. »Norvie, können wir jetzt an die Arbeit gehen? Heute ist schließlich der große Tag!«

Norvie sagte ernüchtert: »Ja, Sir.« Sie betraten Ryans Büro.

Norma Lavin, die eine halbe Minute nach Mundin und Bligh erschien, sah eine Angestellte eine Blumenvase hochheben und an die Lippen halten. Durstig? dachte Norma. Aber sie schien das Wasser nicht zu trinken; ihre Lippen bewegten sich. Sie will ihren Kaugummi loswerden, dachte Norma. Oder – sagt sie etwas? Aber dann sprach Bliss Hubble sie an, und sie vergaß den Zwischenfall.

Was schade war, denn das Mädchen hatte keineswegs einen Kaugummi loswerden wollen. Es stellte die Vase weg und machte sich wieder an die Arbeit.

Die Großen Sieben – die beiden Lavins, Mundin, Ryan, Hubble, Nelson und Coett – hatten sich zusammen mit Norvell Bligh in Ryans Büro versammelt.

»Sind Sie sicher, daß Ihr Freund getan hat, was er tun sollte?« fragte Coett.

Mundin zuckte die Achseln. Sie warteten.

Und dann –

Norvie Bligh, der in der Ecke vor einem Radiogerät saß, schrie: »Da kommt es!« Er schaltete den Bildschirm ein und drehte die Lautstärke auf.

»– zuerst auf Vibrationen zurückgeführt«, plärrte die Stimme des Nachrichtensprechers. »Fachleute von G.M.L. erklärten jedoch, daß das auf den ersten Blick unwahrscheinlich sei. Ein Team von G.M.L.-Technikern ist unterwegs nach Washington, um die Ruine zu untersuchen. Wir bringen Ihnen jetzt ein Bild aus unserem Archiv vom ersten Kuppelhaus. Wie es war –« Das Bild erschien »– und wie es jetzt aussieht –«

Diesmal eine Direktübertragung: derselbe Ort, derselbe Saal – aber statt des schimmernden Kuppelhauses ein Totalwrack, in dem Uniformierte herumkletterten.

»Pa-Papas erstes Haus!« stieß Norma hervor und brach in Tränen aus. Die anderen sahen sie ungläubig an und starrten wieder fasziniert und angstvoll auf den Bildschirm.

»Sie hören jetzt Doktor Henry Proctor, den Direktor des Museums. Doktor Proctor?« Das Kaninchengesicht tauchte auf. »Was könnte nach Ihrer Ansicht die Ursache des Einsturzes sein?«

»Ich – ich – habe – wirklich keine – Meinung. Ich – äh – tappe völlig im – dunkeln. Es ist mir ein Rätsel. Ich kann leider nicht – das Geringste . . . Wirklich, ich habe keine Meinung.«

»Danke, Doktor Proctor.«

Mundin kam es so vor, als sei alles verloren. Jeder Narr konnte das Schuldbewußtsein in Proctors Gesicht lesen und sofort erkennen, daß Proctor das Kuppelhaus mit einem Lösemittel besprüht hatte. Aber das Gesicht verschwand, und der Sprecher redete weiter: »Ich erhalte eben eine Stellungnahme von G.M.L. Mr. Haskell Arnold, Aufsichtsratsvorsitzender von G.M.L., teilt mit, daß die Techniker zu vorläufigen Schlüssen über den Teildefekt des ersten Kuppelhauses gelangt sind. Gänzlich abnormale Vibrationen und Chemikalien im Museumsbereich tragen offenbar die Schuld. Mr. Arnold erklärt, und ich zitiere: ›Es ist ausgeschlossen, daß sich so etwas wiederholt.‹ Ende des Zitats.« Der Sprecher lächelte. »Nun, meine Damen und Herren, das hören wir alle gern, vor allem Sie, die Sie in Kuppelhäusern wohnen.

Und jetzt zum Sport. Galatag in Grosse Pointe. Erstklassige Unterhaltung ist gesichert. Erste Nummer –«

»Abstellen«, sagte jemand zu Norvell. Er tat es widerwillig.

Harry Coett brach das Schweigen.

»Also, das wär's. Wir sind festgelegt. Sind alle hier so nervös wie ich?«

»Ich denke schon«, meinte Hubble. »Wissen Sie, Mundin, wir haben noch immer keine Verbindung mit Green & Charlesworth.«

In den Büros der ›Alive‹, dem Flaggschiff des ›Alive‹-Verlages, war der Teufel los.

»Weiter!« schrie der Redakteur ins Telefon. »Ganze Kuppelstadt zerfallen! Wir schicken sofort ein Team!« Der Redakteur brüllte ins Mikrofon: »Archiv! Schicken Sie die Unterlagen über G.M.L.-Defekte, Servicegarantien und so weiter! Wissenschaft! Sofort recherchieren! Fotolabor! Alles rausschmeißen! Neue Ausgabe kommt! Sender! Achtung, neue Ausgabe, vier Seiten farbig. Mittelwesten – Mittelwesten, was ist denn? Sofort ein Team nach Coshocton, Ohio. G.M.L.-Kuppelstadt zerstört! Achtung –«

Und so weiter. Bis –

Der Redakteur erstarrte plötzlich und sagte zu seinem Gehilfen: »O Gott. Übernehmen Sie, Manning. Der Chef.« Er ordnete seine Krawatte und ging die Treppe hinauf. Als er vorgelassen wurde, sagte er: »Natürlich, Sir, eine große Nachricht. Aber wir wollten zuerst Ihre Meinung hören, Sir. Es handelt sich ja um eine delikate Sache. Ich weiß, daß Sie bei G.M.L. Aktionär sind, also kennen Sie sich besser aus. Ich möchte wissen, ob Sie es dem öffentlichen Interesse für gemäß halten, das Ganze groß aufzumachen?«

»Tun Sie das«, sagte der Verleger großzügig.

»Danke, Mr. Hubble«, sagte der Redakteur dankbar, aber verwundert.

Zu seinem Gehilfen sagte er staunend: »Manchmal glaube ich, der Alte ist doch kein solcher Egoist, wie es den Anschein hat.« Er zuckte die Achseln und brüllte ins Mikrofon: »Habt ihr immer noch keine Verbindung mit G.M.L.?«

20

Norma Lavins Büro war mehr als bequem, es war luxuriös eingerichtet.

Aber Norma fühlte sich nicht besonders wohl darin. Sie saß da und dachte nach. Mehr hatte sie auch nicht zu tun.

G.M.L. im Konkurs, dachte sie. Die Kuppelhäuser zerschmelzen. Das Denkmal ihres Vaters zerstören, alles vernichten. Muß das so sein? Muß alles zerfetzt und befleckt, alles Gute ausgerottet werden?

Sie behandeln mich wie eine Schwachsinnige, weil ich eine Frau bin, dachte sie. Hubble mit seinen gierigen Händen, Coett mit seiner väterlichen, überlegenen Art. Mundin mit – Mundin mit –

Mundin, der mich so behandelt, als wäre ich keine Frau, dachte sie verwundert ...

Sie dachte viel darüber nach; schließlich hatte sie nicht viel anderes zu tun.

Bis sie den Polizisten in der Halle in seinen Schlagstock reden sah.

Zunächst reagierte Norma wie jeder Mensch, der jemanden einen Schlagstock anreden sieht. Sie hielt den Mann für verrückt.

Aber er machte es nicht auffällig, sondern in einer Ecke, versteckt vor den Blicken anderer – bis auf die einer einzigen Person, die zufällig gelangweilt zu einem Fenster hinaussah, wie Norma.

Der Polizist übte vielleicht ein paar wohlgesetzte Worte für seinen Vorgesetzten ein, dachte Norma. Oder aber er war wirklich übergeschnappt. Einen plausiblen Grund mußte es geben; sie vergaß das Ganze und begann wieder nachzudenken.

Es dauerte drei Tage, bis Normas Langeweile die vernünftige Ansicht über Leute überwog, die in Schlagstöcke hineinsprachen, und selbst dann wäre vielleicht nichts geschehen, wenn Miss Elbert nicht einen Tag freigenommen hätte.

Miss Elbert war die Angestellte, die Norma in eine Blumenvase hatte reden sehen.

Die Vase stand noch auf Miss Elberts Schreibtisch; Norma ging ein paarmal durch das Zimmer und betrachtete sie unauffällig. Die Vase war mit Blumen bestückt und sah ganz normal aus.

Aber Norma langweilte sich. Während der Kaffeepause fotografierte sie das Ding aus verschiedenen Winkeln. Auch dann dauerte es noch einmal drei Tage, bis sie mit den Aufnahmen zu einem Antiquitätenhändler ging, der chinesische Vasen verkaufte. Er erklärte ihr, bei der fotografierten Vase handle es sich um eine Imitation. Das sehe man schon an den Schriftzeichen, die er nicht kenne.

Sie bekam den Namen eines Professors für Chinesisch. Der Professor erklärte sich mit Vergnügen bereit, ihr die Schriftzeichen zu übersetzen. Er sah sich die Fotos an und sagte nach einer Weile: »Das ist Quatsch. Chinesisch ist das auf keinen Fall. Ein Laie läßt sich natürlich täuschen. Na ja, hat eben jemand eine Vase nachgemacht und sie nicht richtig bemalt. Verstehe nur nicht, warum man keine echten Schriftzeichen verwendet hat.«

»Aber ich«, flüsterte Norma. Sie war leichenblaß geworden.

Ryan, Mundin und ihr Bruder bewegten ungeduldig die Schultern, als sie ihnen die Sache klarzumachen versuchte.

»Das müssen gedruckte Schaltkreise sein. Vielleicht sind die Fissuren in der Glasur aus Metall – eine Antenne. Die Vase muß Transistoren und kleine Silbersäure-Batterien und weiß-Gott-was-noch enthalten. Wir könnten sie röntgen, aber das Ding explodiert vermutlich.«

»Haben Sie die Vase angerührt?« fragte Mundin.

»Nein!«

»Norma hat recht«, meinte Ryan. »Befassen wir uns mit der Angestellten. Der Apparat ist zu gefährlich. Don, stellen Sie fest, wer sie ist.«

Don Lavin suchte in seiner Kartei und sagte: »Hier. Sie heißt Harriet Elbert. Ledig, 26 Jahre, Studium der Betriebswirtschaft mit Abschluß, drei Jahre bei Choate, entlassen wegen Personaleinsparung. Lebt bei der verwitweten Mutter.«

»Sind Haskell Arnold und seine Gruppe wirklich so schlau?« fragte Mundin zweifelnd.

Ryan sah ihn an und zuckte die Achseln.

»Nicht Arnold. Wer kann das sein als Green & Charlesworth? Arnold würde nie so vorgehen. Für mich steht fest, daß Green & Charlesworth dahinterstecken.«

»Eines steht fest«, sagte Mundin. »Wir informieren Hubble und die anderen.«

»Gewiß«, sagte Ryan und starrte die Blumenvase auf seinem Schreibtisch an.

Die drei Geldgeber waren nicht erschreckt, sondern starr vor Angst.

»Bei Gott, diese Halunken!« tobte Coett. »Lassen uns am langen Zügel laufen und das Geld mit beiden Händen hinauswerfen!«

»Meine Angestellten in Coshocton!« jammerte Nelson. »Und der verdammte Prozeß gegen G.M.L. – Termin ist schon bestimmt! Mein Gott, Mundin, ist denn kein Irrtum möglich?«

Hubble gab sich als Philosoph; er hatte noch am wenigsten ausgegeben.

»Lieber etwas als alles verlieren«, meinte er tröstend. »Mich muß man außerdem erst davon überzeugen, daß eine Vase und der fehlende Kontakt mit Green & Charlesworth bedeuten sollen, wir hätten sie gegen uns. Sobald ich natürlich überzeugt bin, ist die Sache gelaufen.«

Norma Lavin sah ihn entgeistert an.

»Sie würden aufgeben?« stieß sie hervor.

Man sah sie an.

»Meine Liebe«, sagte Harry Coett, »wir wissen, was mit Ihrem Vater geschehen ist. Haben Sie es vergessen?«

»Verdammt noch mal, Coett, das ist doch Wahnsinn!« fuhr Mundin hoch. »Das sind doch auch nur Menschen. Sie haben nur viel Geld. Wir sind Menschen und haben auch viel Geld. Na schön, vielleicht haben sie mehr, aber der liebe Gott sind sie noch lange nicht! Wir werden fertig mit ihnen, wenn es sein muß!« Er verstummte; Hubble, Nelson und Coett zuckten bei jedem Wort zusammen.

Hubble öffnete die Augen.

»Mundin«, mahnte er leise. Mehr brachte er nicht heraus.

Ryan sagte mit schwankender Stimme: »Vielleicht – wenn einer von uns hingehen würde, Coett. Vielleicht –« Er zitterte am ganzen Körper. »Ich würde es selbst tun. Schlimmstenfalls könnten sie ablehnen, mich zu empfangen. Das ist schon vorgekommen, weiß Gott, aber ich wüßte nicht, daß wir dann schlechter dran –«

»Halten Sie den Mund, Sie alter Narr«, sagte Coett.

»Sie wissen doch, wie es ist, Ryan«, erklärte Hubble freundlicher. »Wenn wir nicht einen Spitzenmann schicken – mein Gott!«

»Ich gehe nicht«, sagte Nelson entschieden.

»Ich auch nicht«, knurrte Coett.

»Sehen Sie?« sagte Nelson. »Man hat einfach zuviel zu verlieren. Tut mir leid.«

Norma stand empört auf.

»Mein Vater hat das Kuppelhaus erfunden für –« Sie unterbrach sich. »Nein! Zum Teufel damit. Lassen wir meinen Vater aus dem Spiel. Ein Viertel von G.M.L. gehört mir und Don. Uns, verstehen Sie? Nicht Ihnen oder Green & Charlesworth. Wenn Ihr Feiglinge aussteigen wollt, dann bitte. Wir machen weiter, und ich kann Ihnen gleich sagen, daß wir weitermachen, bis wir tot umfallen oder gewinnen. Es geht nicht nur ums Geld, wissen Sie. Wir sind auch ohne Geld gut ausgekommen. Wir können es wieder. Es geht um die Menschen, Coett! Es geht darum, den armen Kerlen zu helfen, die für ein Kuppelhaus mit ihrem Lebensblut bezahlen müssen! Sklaverei ist gegen das Gesetz. G.M.L. hat das Gesetz übertreten, aber jetzt sind wir an der Reihe, und wir werden etwas ändern. Verstehen Sie?«

Sie verstanden, und dann ging es los. Sieben Personen schrien durcheinander, sogar der alte Ryan: »– nicht besser als eine Republikanerin, junge Dame!« Nelson heulte auf, und Mundin schrie: »Laßt sie doch reden, verdammt noch mal!«, während Coett wie ein Bierkutscher fluchte.

Die Tür ging auf, und Mishal steckte den Kopf herein.

»Besuch«, stieß er hervor und verschwand.

»Ach, Mensch«, sagte Mundin in die Stille hinein und ging zur Tür. »Ich habe den Idioten doch erklärt – ach, du bist es!« Er blickte gereizt auf William Choate IV, der eben hereinkam. »Hallo, Willie. Hör mal, ich habe furchtbar viel zu tun.«

Willie Choates Unterlippe zitterte.

»Hallo, Alter«, sagte er dumpf. »Ich habe eine – äh – Nachricht für dich.«

»Später, Willie. Bitte.«

Willie war nicht abzuweisen.

»Hier.« Er gab Mundin einen weißen Umschlag. Mundin öffnete ihn und starrte abwesend auf die kleine weiße Karte.

Dann riß er die Augen auf, bis Coett lebendig wurde, hochsprang und ihm die Karte aus der Hand nahm. Dort stand in einer zittrigen Handschrift:

›Messrs. Green, Charlesworth
erbitten das Erscheinen
von Mr. Charles Mundin
und Miss Norma Lavin

bei passender Gelegenheit.‹

Es war eine lange Fahrt.

Willie schien den Tränen nahe zu sein, als Mundin ihn um Auskünfte bedrängte.

»Mensch, Charles! Was soll ich sagen?«

»Du kannst mir erklären, worum es geht!«

Willie sah Mundin an, dann schaute er sich im Wagen um, warf einen Blick auf Norma, richtete die Augen wieder auf Mundin. Was er meinte, war klar zu verstehen.

»Sag mir wenigstens, was für eine Rolle du spielst«, flehte Mundin.

»Mensch, Charles!« Aber die Antwort darauf konnte man in den sanften Kuhaugen Willies lesen, an der zitternden Unterlippe erkennen. Willie war, wozu der liebe Gott ihn gemacht hatte: ein Botenjunge, und zweifellos wußte er wenig mehr als Mundin über Was, Warum und Weshalb. Mundin gab es auf und überließ Willie seiner Zeitschrift, während er verstört auf die verfallende Stadt ringsumher blickte.

In dem Gebäude roch es alt. Mundin, Norma und Willie traten in einen knarrenden Aufzug und fuhren langsam fünfzig Stockwerke hinauf. Ein langer Marsch, dann wieder ein Lift, noch kleiner, noch knarrender.

Dann ein kleiner Raum mit einer harten Bank. Willie ließ sie dort allein. Alles, was er sagte, war: »Es tut mir leid.«

Dann – Warten. Eine Stunde, mehrere Stunden. Sie sprachen nicht miteinander.

Mundin glaubte, er müsse verrückt werden.

Dann dachte er, daß Green & Charlesworth das wohl genau wollten, und nahm sich zusammen.

Schließlich erschien ein kleiner, stiller Mann und führte sie in einen anderen Raum.

Es gab keinen Sitzplatz, und Mundin konnte nirgends seinen Mantel aufhängen. Mundin hängte ihn über den Arm und starrte in die Augen des Mannes am Schreibtisch. Es war eine imposante Erscheinung, schmale Züge, schwarze Haare mit silbernen Schläfen. Der Mann beugte sich vor und sah ihn prüfend an.

Mundin räusperte sich.

»Mr. – äh – Green?« fragte er.

Der Mann sagte ausdruckslos: »Wir verabscheuen Sie, Mr. Mundin. Wir werden Sie vernichten.«

»Warum?« rief Mundin.

»Sie bringen das Boot zum Schaukeln, Mundin«, sagte der Mann, das Kinn auf die Hände gestützt.

Mundin räusperte sich.

»Hören Sie, Mr. Green – Sie sind doch Mr. Green?«

»Sie sind unser Feind, Mundin.«

»Jetzt warten Sie mal!« Mundin atmete tief ein. Bitte, flehte er seine Adrenalindrüse an. Ruhig! befahl er dem Pochen in seinem Gehirn. Er sagte gemäßigt: »Ich bin sicher, daß wir zusammenkommen können, Mr. – Sir. Schließlich sind wir nicht habgierig.«

»Männer wie Sie würden die Welt ruinieren, wenn wir das zuließen«, sagte der Mann. »Wir lassen es nicht zu.«

Mundin schaute sich hoffnungslos im Zimmer um. Dieser Mann war offenkundig wahnsinnig; irgendeine andere Person, irgendeine – Aber da war niemand. Außer dem Schreibtisch und dem Mann gab es nichts im Zimmer als zwei milchig-verglast aussehende Schränke und Mundin und das Mädchen. Er sagte: »Hören Sie mal, haben Sie mich nur hergerufen, damit Sie mich beleidigen können?«

»Sie haben die Finger in die Kreissäge gesteckt, Mundin. Sie werden Ihnen abgetrennt.«

»Verrückt«, murmelte Norma.

»Himmelherrgott noch mal!« brüllte Mundin. Er schleuderte seinen Mantel auf den Boden, aber das beruhigte ihn auch nicht. »Wenn Sie verrückt sind, dann sagen Sie es und lassen Sie mich hier raus! Ich habe in meinem ganzen Leben noch keinen solchen Unsinn gehört!« Er verstummte mitten im Wort.

Der Mann sah ihn nicht mehr an. Der starre Blick, den er auf Mundin gerichtet hatte, haftete jetzt auf dem Mantel am Boden.

Zu dem Mantel am Boden sagte der regungslose Mann: »Wir haben Sie hergebracht, Mundin, um Infamie mit Unseren eigenen Augen zu sehen. Jetzt haben wir sie gesehen, und wir werden sie auslöschen.« Und dann, verblüffend schrill: »Hehe!«

Mundin schluckte und trat vor. Drei Schritte, und er stand am Schreibtisch, beugte sich vor, starrte an, was eigentlich die säuberlich gebügelte Hose des Anzugs sein mußte.

Das Personal von Green & Charlesworth trug dieses Jahr keine Hosen. Das Personal von Green & Charlesworth trug Bronzesäulenfüße mit dicken, schwarzen Kabeln, die sich unten herausschlängelten, und kupferne Namensschilder, auf denen stand:

Empfangssekretär ›Schlafnie‹, Western Electric
Nur 115 V Wechselstrom‹

»Hehe!« schrillten die regungslosen Lippen an Mundins Ohr. »Das ist weit genug, Mundin. Ich glaube, Sie hatten recht, Mrs. Green.«

Mundin sprang zurück, als seien die 115 Volt durch seine Zunge gezuckt. Ein Flackern machte ihn aufmerksam; die beiden milchig verglasten Schränke leuchteten auf. Er starrte sie an und nahm aus dem Augenwinkel wahr, daß Norma ohnmächtig am Boden lag.

Er bedauerte, die Schränke angestarrt zu haben.

Der Inhalt der Schränke war: Green & Charlesworth. Green, eine unfaßbar, unglaublich uralte, dicklich aussehende, haarlose Frau. Charlesworth, ein unfaßbar, unglaublich uralter, dürrer, haarloser Mann. Zum Glück ging das Licht wieder aus.

Eine andere Stimme, aber von denselben starren Lippen, sagte: »Können wir ihn töten, Mr. Charlesworth?«

»Ich glaube nicht, Mrs. Green«, antwortete sich der Empfangssekretär mit seiner ersten Stimme.

»Augenblick mal«, sagte Mundin aufgebracht. Es war nichts als ein Reflex. Er sprach den Satz aus und verstummte.

Die weibliche Stimme sagte traurig: »Vielleicht begeht er Selbstmord, Mr. Charlesworth. Sagen Sie ihm, womit er es zu tun hat.«

»Er weiß, womit er es zu tun hat, Mrs. Green. Nicht wahr, Mundin?«

Mundin nickte. Er war jetzt gebannt von den Augen des Empfangssekretärs, die ihn zu durchbohren schienen.

»Sagen Sie es ihm!« kreischte Mrs. Green. »Sagen Sie ihm Bescheid über das Mädchen! Sagen Sie ihm, was wir mit ihr tun werden!«

»Eine Tochter des Bösen«, sagte die Stimme mechanisch. »Sie möchte uns G.M.L. wegnehmen.«

Mundin fuhr hoch.

»O nein!« rief er. »Nicht Ihnen! Nur Arnold und seinen Leuten!«

»Sind Unsere Finger Wir?« sagte die Stimme. »Sind Unsere Arme und Beine Wir? Arnold, das sind Wir!«

Die weibliche Stimme krächzte: »Das Mädchen, Mr. Charlesworth. Das Mädchen!«

»Bemalte Kurtisane«, erklärte die Männerstimme. »Sie möchte die Sklaven befreien, sagt sie. Spricht von Mr. Lincoln!«

»Wir haben Mr. Lincoln das Seine besorgt, Mr. Charlesworth«, kicherte die weibliche Stimme.

»Gewiß, Mrs. Green. Und ihr werden Wir es auch besorgen.«

Mundin dachte betäubt, daß er Ryans Opiumpillen erwischt haben mußte statt seiner Vitamintabletten.

»Sind Sie so alt?« fragte er schwach.

»Sind Wir so alt, Mrs. Green?« fragte die männliche Stimme.

»Und ob!« schrillte die Frau. »Sagen Sie es ihm! Sagen Sie ihm Bescheid über das Mädchen!«

»Vielleicht nicht gleich, Mrs. Green. Vielleicht später. Wenn Wir sie weichgemacht haben. Sie müssen jetzt gehen, Mundin.«

Mundin hob automatisch seinen Mantel auf und half Norma auf die Beine. Er wandte sich betäubt zur Tür. Auf halbem Weg blieb er stehen und starrte auf die Milchglasscheiben. Glas, dachte er. Glas und bebende, bewegte Leichen im Innern, die ein Lufthauch schon –

»Versuchen Sie es, Mundin«, forderte ihn die Stimme heraus. »Wir wollten sehen, ob Sie es versuchen.«

Mundin überlegte und entschied sich dagegen.

»Schade«, sagte die Stimme Charlesworths. »Wir hassen Sie, Mundin. Sie haben gesagt, Wir seien nicht der liebe Gott.«

»Atheist!« zischte die Stimme von Mrs. Green.

21

In Ryans Büro log Mundin: »Es war nicht so schlimm.«

Ryan hatte ihre Abwesenheit dazu benützt, sich bis zu den Brauen mit Drogen vollzupumpen. Er sagte verträumt: »Stellt sie euch vor. Hunderte von Jahren alt. Wißt ihr, was H.G.Wells um 1940 gesagt hat? ›Etwas Schreckliches und Unheimliches dringt in das Leben ein.‹ Nichts lief richtig, was man auch tat. Green & Charlesworth müssen da erst richtig angefangen haben. Wissen Sie, wie Jonathan Swift Green & Charlesworth genannt hat? Struldbrugs. Nur wußten die Leute damals Bescheid über sie. Gulliver sagte, sie hätten ein Gesetz, kein Struldbrug dürfe sein Geld behalten, sobald er hundert Jahre alt geworden sei. Stellen Sie sich vor. Hunderte, Hunderte von Jahren alt, Hunderte und Aberhunderte –«

Don Lavin berührte seine Schulter, und er verstummte. Harry Coett lächelte seinen Daumennagel an. Er zuckte zusammen und sagte leise: »Etwas zu trinken?«

Mundin füllte sein Glas und sah darüber hinweg, daß der massige Mann weinte.

»Wir müssen ordentlich liquidieren«, sagte Nelson, während sein Blick von einer Ecke zur anderen glitt. »Selbstverständlich scheidet jedes weitere Vorgehen nach früheren Plänen aus.«

Norma erschien an der Tür. Mundin hatte sie zur Krankenschwester gebracht, aber sie schien sich wieder erholt zu haben.

»Ist schon alles geregelt?« fragte sie.

»Alle scheinen sich einig zu sein«, erwiderte Mundin. Er fühlte eine ungeheure Apathie auf sich lasten. Green & Charlesworth. Sie sprachen, und die Titanen legten sich zum Sterben.

»Ordentliche Liquidierung«, sagte Nelson. »Wir nehmen unsere Niederlage hin. Versteht sich. Unter den Umständen –«

»Wollt Ihr aufgeben?« fragte Norma.

Coett rieb sich das Gesicht.

»Gibt es da noch eine Frage?«

»Sie meinen, Sie wollen Schluß machen. Gut. Wer noch?«

Nelson sagte dumpf: »Norma, Sie sind nicht bei Trost!«

»Vielleicht«, sagte sie. »Mag sein. Hören Sie zu. Ich sage Ihnen, was ich denke, und Sie erklären mir, ob es verrückt ist. Ich denke, daß Green & Charlesworth zwei alte Schwachsinnige sind. Ich weiß nicht, ob sie hundert Jahre gelebt haben oder tausend. Es ist mir egal. Es gibt wohl keinen Grund, warum jemand nicht lange leben sollte, wenn er viel Geld für die Medizin ausgeben kann, und jemand, der die Ärzte dafür bezahlt, daß sie ihn am Leben erhalten, findet wohl genug Gelegenheit, noch mehr Geld zu machen ... Das ist mir egal. Es spielt keine Rolle. Sie sind Menschen. Ich habe sie gesehen, und glauben Sie mir, sie sind menschlich – alt, hinfällig, geisteskrank. Mindestens zur Hälfte. Was haben sie?«

Ryan, der im Takt zu einer inneren Musik nickte, zirpte: »Geld.«

»Geld. Na gut. Wir auch, wie Mundin schon erwähnt hat. Vielleicht besiegen sie uns, aber, bei Gott, bluffen können sie uns nicht. Ich spreche nur für mich – ich bestreite nicht, daß sie mit mir tun können, was sie wollen, aber sie werden es auch tatsächlich tun müssen, bevor ich aufgebe. Verstanden?«

Mundin sagte schnell: »Bei mir auch!«

Coett sagte vernünftig: »Lebt wohl.« Er stand auf, verbeugte sich und ging zur Tür. Norma fing plötzlich an zu zittern und sagte: »Zum Teufel mit euch!« Sie ging blindlings an ihm vorbei.

Coett blieb stehen und schüttelte den Kopf.

»Verrückt«, sagte er.

Und einen Augenblick später kam sie mit einer kleinen, blaßgrünen Vase zurück. Zwei Rosen und etwas Farnkraut hingen schlaff herab.

Norma riß die Blumen heraus und schrie die Vase an: »Mir ist völlig egal, was Sie tun, Green, Charlesworth! Das Kuppelhaus wird so verwendet, wie mein Vater es vorgehabt hat! Wenn ihr euch in den Weg stellt, fliegt ihr zum Fenster hinaus – und dazu alle meine feigen Kollegen, die nicht zu mir stehen!«

Die Vase summte und zersplitterte in ihrer Hand. Ein kleiner Splitter riß ihr eine kleine, blutende Furche in die Wange. Unter den Scherben am Boden lagen winzige Metallklümpchen und kleine Kristalle, die weiß aufglühten, zerschmolzen und verschwanden. Mundin zertrat ein Dutzend winziger Feuerchen auf dem Teppich und hörte die Schreie draußen in den Büros.

Zehn Minuten lang herrschte das Chaos. Die absurdesten Dinge explodierten – ein Füllhalter in Coetts Jacke, der Schalter des Klimageräts im Lagerraum, ein Polarimeter im Labor, der Einlauf-Postkorb auf Ryans Schreibtisch. Aber bis auf Hysterie unter den Frauen gab es keine Schäden. Die kleinen Brände waren leicht zu löschen.

Coett klopfte auf den verkohlten Resten seiner Jacke herum und brüllte Norma an: »Sie mit Ihren idiotischen Einfällen. Den Vertrags-Pacht-Plan aufheben, wie? Sklaventreiber sind wir, ja? Sie dämliche –«

Er brachte kaum ein vernünftiges Wort heraus. Mundin und Don gingen gleichzeitig auf ihn los. Mundin erreichte ihn als erster und hatte die Ehre, ihn niederzuschlagen.

Nelson hob Coett auf und wischte ihn ab.

»Blutdruck, Harry«, sagte er mahnend. »Keine Sorge. Wir erledigen die Halunken schon.«

Hubble kaute an seinen Fingernägeln.

»Wissen Sie«, sagte er langsam, »ich bin als vernünftiger, dollarfürchtiger junger Mann aufgezogen worden, und Green & Charlesworth haben mehr Dollar als sonst irgend jemand ... Wissen Sie – Herrgott noch mal, lacht mich nicht aus, aber ich mache weiter, solange meine Nerven durchhalten.«

Norma umarmte ihn und gab ihm einen Kuß. Charles sagte: »He da, langsam –« und verstummte, als ihm klar wurde, daß er kein Recht zu der Empörung hatte, die in ihm hochgeflutet war. Die beiden anderen Finanziers sahen entsetzt zu.

»Verräter«, sagte Nelson. »Na schön – raus mit euch Irren. Wenn ich mir je hätte träumen lassen –«

»Wie wär's, wenn Sie verschwinden würden«, sagte Ryan ruhig. »Denken Sie nach. Wenn Sie gehen, sind Sie unbelastet – jedenfalls auf dem Papier. Aber der Mietvertrag lautet auf unsere Namen, und Sie ziehen gefälligst ab, bevor wir die Polizei rufen.«

»Blutdruck, Harry!« sagte Nelson scharf zu Coett.

Sie gingen und reduzierten die Großen Sieben auf die Großen Fünf – und Norvell Bligh, der ungehalten Informationen verlangte.

Als er eingeweiht war, schaute er sich die düsteren Gesichter an und lachte.

»Kopf hoch«, sagte er. »In Belly Rave passiert Schlimmeres.«

»Wir werden es zweifellos erleben«, sagte Mundin dumpf.

Norvell klopfte ihm auf die Schulter.

»Genau. Genau, Charles«, sagte er. »Das ist das Ärgste, was einem passieren kann. Und ich habe es erlebt, Leute. Gewiß, es ist die Hölle; kein Zweifel. Aber – was ist nicht die Hölle?«

Norma sagte flehend: »Charles, hören Sie auf ihn. Er hat recht.

Die Welt steckt im Gefängnis, Charles, und mein Vater hat sie hineingebracht, weil er es den Menschen leichter machen wollte. Ich bin beinahe froh darüber, daß er tot ist, nur damit er nicht sehen kann, was sein Kuppelhaus angerichtet hat. Nero hat nie so eine Waffe besessen! Und stellt sie euch in den Händen von Leuten wie Mrs. Green und Mr. Charlesworth vor!«

»Soll das heißen, Sie verlangen von einem Anwalt nur, daß er die Welt für Sie auf den Kopf stellen soll?« fragte Mundin schweratmend.

»Hören Sie doch auf, Charlie!« knurrte Bligh. Er ging beinahe drohend auf den Anwalt zu und starrte ihm in die Augen. »Meine Frau bekommt ein Kind. Ich möchte, daß es eine richtige Chance im Leben bekommt und kein Lohnsklave sein muß. Wenn es Geld ist, was Sie haben wollen – gut, wir machen Geld. G.M.L. ist enorm viel wert, und unser erster Schritt muß sein, G.M.L. in unsere Hände zu bringen. Aber das ist erst der Anfang!«

Seine Forschheit rief in Mundins Nase ein Kitzeln hervor; er nannte es ein beginnendes Lachen und unterdrückte es. Aber – Norvie Bligh, 1,62 m groß, keine zwei Cent in der Tasche, sagte: »Übernehmen wir G.M.L. – vierzehn Milliarden Dollar –«

Mundin schluckte und grinste.

»Na gut, wie Sie schon sagen, was haben wir zu verlieren? Außer Ihnen, Hubble.«

»Sagen Sie Bliss zu mir«, sagte der Finanzier mit schiefem Lächeln. »Ach was. Bligh hat recht. Was ist nicht die Hölle? Wenn Sie Belly Rave für einen Dschungel halten, müßten Sie mal öfter an Aufsichtsratssitzungen teilnehmen! Sie kennen ja meine Frau – sehr nette Frau«, sagte er hastig. »Oder früher mal. Aber – die Korruption breitet sich aus. Wie eine Seuche. Wenn es unten schlecht steht, dringt das bis hinauf zur Spitze.« Er schüttelte den Kopf und starrte auf den Teppich. »Mein ganzes Leben lang habe ich etwas gesucht, wollte ich etwas tun, wollte das Kommando übernehmen und die Dinge ändern – ich wußte nicht, wie. Und ich weiß es auch jetzt nicht, aber vielleicht wißt ihr es. Ich helfe euch, es zu versuchen.«

»Und selbst das viele Geld hilft nicht?« sagte Norma mitfühlend.

Hubble lachte.

»Das fragen Sie mich. Nicht übel. Sie haben mehr, als ich jemals zu sehen bekomme. Verkaufen Sie Ihren Anteil an der Börse, wenn

Sie es genau wissen wollen.« Er schüttelte wieder den Kopf und sagte abrupt: »Zum Teufel damit. Was machen wir jetzt?«

Mundin schaute sich im Zimmer um und stellte zu seinem Erstaunen fest, daß alle ihn ansahen. Und dann sah er, warum – Norma sah ihn an, und Don folgte ihrem Beispiel, und die anderen richteten sich nach den Lavins.

Er räusperte sich, und dann hörte er, was er vorher nur nebenbei wahrgenommen hatte: »Die Börse!«

Sie starrten ihn an.

»Versteht ihr nicht?« fragte er. »Die Börse – was Hubble gesagt hat. Wenn wir es schaffen – was ist das?«

›Das‹ war ein klarer, hellklingender Ton, der von nirgendwo zu kommen schien. Sie hoben alle die Köpfe; Don Lavin schüttelte sich, stand auf und schaute sich um. Er ging zur Tür.

»He, Augenblick mal!« rief Mundin. »Wohin wollen Sie denn?«

Don rief etwas über die Schulter, was Mundin nicht verstand, denn in diesem Augenblick gab es wieder eine kleine Explosion im Zimmer, der Sockel einer Lampe, dort, wo Don gesessen hatte, und er mußte wieder ein paar kleine Brände löschen.

Aber wie vorher gab es keine ernsthaften Schäden.

»Hoffentlich haben sie nicht noch mehr davon mit Zeitzündern«, meinte Mundin. »Also, wo waren wir?«

»Sie wollten uns sagen, was wir tun sollen«, sagte Bligh.

»Na, nicht direkt. Ich wollte nur sagen, daß wir vielleicht doch noch nicht besiegt sind. War haben Ressourcen. Zum einen schulden wir Geld – vielleicht eine Million Dollar; wenn man solche Schulden hat, gilt man als bedeutende Firma. Zum zweiten wird unser Feldzug gegen G.M.L. nicht zum Stillstand kommen, nur weil zwei Mann ausgetreten sind. Sie werden auf jeden Fall einige Zeit in Schwierigkeiten sein, und vielleicht können wir das ausnützen. Zum dritten haben wir unseren größten Aktivposten – Don und seine Aktien. Wo ist Don hingegangen?«

»Er ging hinaus, kurz bevor das Ding da explodierte«, meinte Bligh unsicher.

Mundin rief beim Empfang an und legte wieder auf.

»Er hat das Haus verlassen. Man fragte ihn, wann er zurückkäme, und er sagte, gar nicht. Er gehe ins Stadion.«

»Mir kam es so vor, als hätte er was von ›Drahtseil‹ gesagt«, murmelte Bligh. So ähnlich hatte es in Mundins Ohren auch geklungen.

»Vielleicht gibt es eine ganz einfache Erklärung«, sagte Hubble.

»Ich weiß allerhand über Drahtseilakte«, sagte Norvie Bligh betroffen. »Das Gefährlichste vom ganzen Galatag.« Er hustete. »Ich erwähne das etwas spät, Charles, aber hatten Sie auch den Eindruck, daß Dons Augen geglänzt haben?«

Norma und Mundin ächzten auf.

»Der Doktor«, sagte Norma.

»Der Doktor!« echote Mundin. »Er hat gesagt, es könnte nicht alles behoben sein. Es könnte ganz tief etwas eingepflanzt worden sein –«

Ping!

Ein rauhes, trockenes Gelächter erfüllte den Raum. Zwei Stimmen jubilierten:

»Allerdings, Mr. Charlesworth!«

»Allerdings, Mrs. Green!«

22

Sie arbeiteten die ganze Nacht angestrengt, und als es dämmerte, fanden sie den Taxifahrer.

»Klar, Mister. Den Umgepolten? Den hab ich zum Künstlereingang vom Stadion gefahren. Freund von Ihnen?«

Sie versuchten, durch Bestechung in die Arena zu gelangen, und schafften es beinahe. Der Torhüter war nahe daran, ihnen zu glauben und ihr Geld einzustecken, als der Aufseher erschien. Er war ein Riese. Seine Augen glänzten.

»Tut mir leid«, sagte er höflich. »Unbefugten ist der Zutritt nicht gestattet. In zwei Stunden ist aber Einlaß für die unüberdachten Plätze – ah, hallo, Mr. Bligh, lange nicht gesehen.«

»Hallo, Barnes«, sagte Norvie. »Sagen Sie, könnten Sie uns vielleicht hineinlassen? Wir kennen da einen dummen Jungen, der sich aus Spaß gemeldet hat. Das Ganze ist ein alberner Irrtum.«

»Unbefugten ist der Zutritt nicht gestattet«, sagte der Riese seufzend. »Wenn Sie einen Ausweis hätten –«

»Ich warte ja gern«, sagte der Taxifahrer, »aber wissen Sie wirklich nicht, daß es keinen Sinn hat, mit einem Umgepolten zu streiten?«

»Er hat recht«, sagte Norvie. »Versuchen wir es bei Candella. Er war mal mein Chef, der Gauner.«

Das Taxi brachte sie zur Kuppelstadt von ›Unterhaltung für alle‹ und setzte sie vor Candellas Kuppelbau ab. Ryan döste, Norma und Mundin hielten sich an den Händen – aus Angst, ganz ohne erotischen Beiklang. Bligh wirkte hellwach und aufmerksam, wie ein Foxterrier. Hubble saß auf dem Notsitz und murmelte etwas vor sich hin.

Candella wurde erst nach fünf Minuten Läuten wach und erschien auf dem Bildschirm. Offenkundig traute er seinen Augen nicht.

»Bligh?« stieß er hervor. »Bligh?« Diesmal keine Schmeicheleien für Bligh von G.M.L. Es hatte sich etwas herumgesprochen.

»Ja, Mr. Candella. Tut mir leid, daß ich Sie wecken muß, aber es ist dringend. Können Sie uns hineinlassen?«

»Auf keinen Fall!« Der Bildschirm wurde dunkel. Norvell drückte auf die Klingelplatte, und Candella tauchte wieder auf. »Sie müssen betrunken sein, Bligh!« fauchte er. »Verschwinden Sie, oder ich hole die Polizei!«

Mundin schob Norvell weg.

»Mr. Candella – ich bin Charles Mundin, Rechtsanwalt. Ich vertrete Donald Lavin. Ich habe Grund zu der Vermutung, daß Mr. Lavin sich im Monmouth Stadion befindet und morgen beim Galatag auftreten wird. Ich weise darauf hin, daß mein Klient geistig nicht kompetent war, eine Entbindungserklärung zu unterschreiben, und daß Ihr Unternehmen sich daher beträchtlichen Schadenersatzforderungen gegenübersieht, wenn ihm etwas zustoßen sollte. Ich schlage vor, daß die Angelegenheit geregelt wird, indem Sie die erforderlichen Papiere ausfüllen und Ihren Vertrag mit ihm stornieren. Wir sind natürlich bereit, eine entsprechende Vergütung zu leisten.« Er senkte die Stimme. »In kleinen Scheinen. Eine ganze Menge.«

»Kommen Sie rein«, sagte Candella. Die Tür ging auf. Als sie hereinkamen, murmelte er: »O Gott, eine ganze Armee!«

»Also, meine Herren und Miss – nein, Ihren Namen will ich nicht wissen – ich darf Ihnen eines dieser Entbindungsformulare zeigen«, sagte Candella. »Sie sind doch Anwalt, nicht?«

Mundin studierte den Vertrag zehn Minuten lang. Unangreifbar? Ein milder Ausdruck.

»Glauben Sie, daß Sie der erste sind?« sagte Candella feixend.

»Diese Versuche sind gang und gäbe. Und bei jedem Fall, der Erfolg hatte, wurde der Vertrag überarbeitet. Seit dreißig Jahren hat es keine Stornierung mehr gegeben, Herr Rechtsanwalt.«

»Zum Teufel mit der Juristerei, Candella«, sagte Mundin. »Zum Teufel auch mit der Bestechungssumme, wenn Sie die nicht wollen. Denken Sie an den Jungen. Er hat dort nichts zu suchen.«

»Ich decke meine Firma und ihre Aktionäre«, sagte Candella. »Ausnahmen können wir nicht zulassen. Unsere Galatage würden im Chaos versinken, wenn jeder besoffene Landstreicher –«

Mundin wollte zuschlagen, als Norvell ihm unerwartet in den Arm fiel.

»Sinnlos«, sagte der kleine Mann. »Ich habe das bis jetzt nicht bemerkt. Der Mann ist ein Sadist. Natürlich. Wer könnte seinen Job sonst aushalten? Wir müssen höher hinauf.«

Candella schnaubte durch die Nase und zeigte ihnen die Tür.

Im Taxi sagte Mundin nachdenklich: »Wir könnten sie natürlich auf Schadenersatz verklagen. Aber das stört sie nicht. Bliss, jetzt müssen Sie ran.«

Hubble blätterte in einem Notizbuch und griff nach dem Telefon, als sie zum Stadion zurückfuhren.

»Sam?« knurrte er. »Hier Hubble. Sam, wer hat das Sagen bei ›Unterhaltung für alle‹? Ich warte.« Er tat es und sagte dann: »Ah. Danke, Sam.« Er legte auf. »Stimmvollmacht bei Choate. Und wessen Boten das sind, wissen wir ja.« Er trommelte mit den Fingern auf die Armlehnen und knurrte: »Bligh, Sie *müssen* irgendeinen Weg wissen, wie wir hineinkommen. Sie haben doch schließlich dort gearbeitet.«

»Hinein kommt man nur mit einem Vertrag«, sagte Norvell.

»Dann unterschreiben wir eben Verträge«, sagte Norma Lavin in stiller Hysterie. Sie zuckten zusammen. »Nein, ich bin nicht verrückt. Wir wollen Don finden, nicht? Und wenn wir ihn finden, halten wir ihn zurück, notfalls mit einem Knüppel. Wir können uns doch als Statisten oder dergleichen anwerben lassen – nicht wahr, Norvie? Etwas, das nicht so gefährlich ist. Freiwillig ist doch alles, oder?«

Norvell schluckte und sagte: »Wohlgemerkt, ich war kein Kampfplatz-Manager. Von der Planerseite her war alles freiwillig.« Er hob den Kopf. »Vielleicht ist das gar keine so schlechte Idee. Wißt ihr was, ich gehe allein rein. Ich kenne mich da aus, und –«

»Kommt nicht in Frage«, sagte Mundin knapp. »Er will doch gar nicht gefunden werden, nehme ich an. Er wird sich wehren. Ich gehe.«

Sie wollten alle gehen, sogar Hubble und der alte Ryan. Aber dann hatte Norvie einen guten Einfall, und sie brauchten wieder viele kleine Geldscheine, um mit dem Taxi nach Belly Rave zu kommen und Lana von den Wabbits zu suchen.

»Wir werden da sein«, sagte sie grimmig.

Der Einsatzraum unter den Tribünen war riesengroß und überfüllt. Etwa ein Viertel der Leute waren offenkundig Wermutbrüder, ein weiteres Viertel Profis, noch ein Viertel prahlerisches junges Volk, das sich hier einmal versuchen wollte, um sich dann ein Leben lang damit brüsten zu können. Der Rest waren – normale Leute. Es war halb ein Uhr, und in der Stadion-Cafeteria hatten alle eine vorzügliche warme Mahlzeit bekommen.

Von Don Lavin war bislang nichts zu sehen, was nicht ungewöhnlich war. In dieser Menschenmenge konnte man leicht untertauchen. Sie suchten, so gut es ging, aber ohne Erfolg.

»Die Wabbits«, sagte Norvie schließlich hoffnungsvoll. »Von der Tribüne aus entdecken sie ihn schon und geben uns ein Zeichen. Dann –«

Dann mochte es zu spät sein. Das Ganze hing davon ab, daß sie gleich an ihn herankamen, also in derselben Nummer auftraten wie er, und dafür gab es keine Garantie.

»Weg da!« zischte Norvie plötzlich, und Mundin hob verblüfft den Kopf. »Ich dachte, Sie hätten was gelernt, nach der Bekanntschaft mit dem Bleirohr.«

Ein großer, zottiger Mann wich vor Bligh zurück.

»Nein, nein«, sagte er flehend. »Shep hat das verdient – er hätte sich nicht einlassen sollen mit – schon gut. Shep tut es leid. Die verdammten Schulden; ich muß Ihnen das Geld zurückgeben. Ich will Ihnen helfen.«

»Wo kommt der her?« fragte Mundin.

»Lana hat ihn mitgebracht«, sagte Bligh finster. »Er war eine Art Leibwächter, bis ich ihn – hinausgeworfen habe.«

»Wir können noch einen Mann gebrauchen«, meinte Mundin.

Norvell zuckte die Achseln.

»Seien Sie bloß vorsichtig«, knurrte er. Der große Mann nickte dankbar.

»Darf ich um Ihre Aufmerksamkeit bitten?« sagte jemand auf dem Podium. »Seid doch endlich mal alle still, ja? Maul halten, verdammt! Vielen Dank.« Es war ein aufgeregter junger Mann, der ständig mit den Fingern durch seine Haare fuhr.

»Willkie«, murmelte Norvie. »Bis heute abend hat er einen Nervenzusammenbruch. Aber er ist ein guter Conferencier.«

»Sie wissen, daß das die ganz große Schau des Jahres ist, meine Damen und Herren«, rief Willkie. »Doppelte Gagen und Überlebensversicherung. Dafür erwarten wir, daß Sie für das Stadion alle Ihr Bestes geben.« Er machte eine Pause. »Also, die Besetzung. Zuerst eine komische Nummer. Wir brauchen alte Herren und Damen – nichts Gewalttätiges; gepolsterte Keulen. Alle gegen alle, bis zur Entscheidung. Die letzte von den Damen bekommt fünfhundert Dollar, der letzte Herr tausend. Na, meldet euch? Nein, Sie nicht – Sie sind doch kaum über Sechzig«!

»Melden Sie sich«, sagte Bligh zu Ryan. »Gehen Sie mit und halten Sie die Augen offen wegen Don.«

Ryan wurde genommen und wankte mit den anderen alten Damen und Herren hinaus.

»Also, haben wir zwei gute Männer, die sich als Messerstecher auszeichnen können? Skandinavischer Stil? Hier brauchen wir Nackte, also bitte keine Bierbäuche.« Skandinavischer Stil, das war zusammengefesselt mit einem langen Gürtel. »Eintausend? Jemand für eintausend? Na schön, sagen wir zwölfhundert, und wenn jetzt nicht der Teufel los ist, lassen wir die Nummer aus, ihr feigen Brüder!« Etwa ein Dutzend Profis sprang grinsend auf. »Sehr schön! Sagen wir, sechs Kämpfe gleichzeitig. Los, Jungs!«

Die Besetzung ging weiter. Spillanes Inferno; Löwen, Tiger und Bären; Hochdruck-Ringen. Lana warf Mundin einen verzweifelten Blick zu. Kein Don Lavin – aber die Menge wurde dünner.

»Wir müssen ihn übersehen haben«, krächzte Hubble.

»Rollerball!« rief Willkie. »Stacheln an den Ellenbogen, aber keine Rüstung. Fünfhundert pro Punkt. Zwanzig pro Statist, hundert, wenn Blut fließt.«

Norvell nickte den anderen zu. Shep folgte ihrem Beispiel, als sie aufstanden, als Statisten akzeptiert wurden und hinausdrängten. Von Don Lavin noch immer keine Spur.

Aber dann sahen sie ihn natürlich – erst nachdem die Glastür sich unwiderruflich hinter ihnen geschlossen hatte. Er erhob sich –

mit glasigen Augen – für ›Drahtseil mit Piranhas‹. Preis: zehntausend Dollar.

Und er war der einzige Freiwillige, selbst bei diesem Angebot.

Norma zerrte an der Tür, bis zwei Frauen sie wegrissen.

»Mir fällt schon etwas ein«, sagte Norvell immer wieder. »Mir fällt schon etwas ein.«

23

Norvell versuchte es im Umkleideraum bei dem Aufseher, erreichte aber nichts.

»Was ist denn, Kemp?« sagte eine bekannte Stimme plötzlich.

Es war Stimmens, der gemütlich durch die Räume schlenderte. Norvies Ex-Gehilfe, Norvies Judas von einem Ex-Gehilfen.

»Mr. Stimmens«, sagte Norvell demütig.

»Aber, Mr. Bl – na, Norvie! Was machen Sie denn hier?«

Norvie wischte sich die Nase am Ärmel.

»Versuch was zu verdienen, Mr. Stimmens«, winselte er. »Sie wissen, wie es in Belly Rave ist. Ich hab' mich als Statist für Rollerball gemeldet, aber Mr. Kemp meint, ich wär' feige. Kann sein, aber ich will tauschen. Ich will Anstachler beim Drahtseilakt sein. Ich weiß, das sind nur zehn Piepen, aber da hat man kein Mädchen mit Ellbogenstacheln auf dem Schoß. Könnten Sie das für mich und ein paar Freunde machen, Mr. Stimmens?«

Stimmens rieb sich die Hände.

»Das ist ungewöhnlich, Norvie. Das gibt Schwierigkeiten.«

Norvell wußte, worauf Stimmens wartete.

»Bitte, bitte!« flehte er.

»Na, für einen alten Kollegen kann man wohl mal ein Auge zudrücken, was, Kemp?« sagte Stimmens. »Lassen Sie ihn tauschen.«

»Und meine Freunde, bitte, Mr. Stimmens?«

»Und seine Freunde, Kemp«, sagte Stimmens achselzuckend. Er schlenderte davon.

»Sie haben ihn gehört«, fauchte Bligh. »Tauschen!«

Kemp murrte vor sich hin und griff nach seinen Karten.

Als sie auf der Bank saßen, sagte Bligh kurz: »Es klappt. Seine Chancen steigen beträchtlich. Wir können ihn vielleicht sogar herausfischen, wenn –«

»Nee«, sagte Shep. »Entschuldigt – aber, nee. Aber wißt ihr

was? Habt ihr Geld dabei, genug Geld? Wir verteilen es an die anderen Anstachler, damit sie sich zurückhalten.«

»Hm. Na gut, Shep. Geld, wenn sie sich zurückhalten, sonst kippen Sie sie rein. Hubble, haben Sie Geld dabei?«

Hubble hatte. Und dann blieb nichts anderes übrig, als durch die Glaswand zuzuschauen. Norvell zeigte unauffällig auf die Wabbits, die sich ganz vorn Plätze gesichert hatten.

»Luftpistolen«, flüsterte er. »Sie hat es mir versprochen. Notfalls werden die Anstachler abgeschossen.«

Die Massenschlacht der Alten war im Gange. Ryan wurde von einer achtzigjährigen Dame mit einem gewaltigen Hieb niedergeschlagen. Man trug ihn ins Lazarett. Mundin und Norma sahen einander dumpf an; für Mitgefühl blieb einfach keine Zeit.

Das Publikum war bester Stimmung. Mundin hörte die Verkäufer brüllen: »Hier Steine, hier Ziegel, ohne Ziegel trefft ihr keine –«

Mundin fröstelte. Norvie Bligh starrte vor sich hin. Er war nicht glücklich, weil er wußte, was er wahrscheinlich würde tun müssen.

Klick, klick, und die Messerkämpfer waren an der Reihe, schnippschnapp, die Messer blitzten, und das Blut floß; bei den sechs Paaren gab es vier Tote, und die Kapelle spielte auf zum Rollerball, zehn Minuten Auftritt . . .

Es war eine blutige Nummer. Immer wieder fegten die Rollschuhfahrer in die Statistenreihe, und die Eisenstacheln taten ihr Werk. Beinahe wären wir das gewesen, dachte Norvell. Für hundert Dollar pro Stich.

Zum erstenmal in seinem Leben fragte er sich, wo das Ganze eigentlich angefangen hatte? Beim Football mit Schulterpolstern und Helmen? Beim Eishockey mit den Massenschlägereien? Bei den ungeduldigen Zuschauern, die zu einem Selbstmörder hinaufriefen: ›Spring doch, spring!‹? Bei den Sportfans, die dem Gegner Leuchtraketen aufs Feld schossen? ›Bei uns werden keine Gefangenen gemacht, Kleiner‹? Napalm?

Und dann schüttelte ihn plötzlich Kemp und knurrte: »Los, du feiger Hund. Ihr seid dran. Körbe mitnehmen.« Betäubt griff er nach dem Korb und sah sich die Lärminstrumente und den ›Kies‹ an – Steine, bis zu fünf Zentimeter im Durchmesser. Er marschierte mit den anderen hinaus. Hubble und Mundin mußten ihn halb tragen. Sheps Mund stand offen.

»Nicht umkippen, Mann«, flehte Mundin. »Wir brauchen jeden einzelnen, Norvie!«

Er grinste Mundin schief an und dachte: Vielleicht muß ich es doch nicht tun. Vielleicht doch nicht. Daran mußt du dich halten. Vielleicht doch nicht ... Aber wenn doch –

»Meine Damen und Herren!« brüllte der Conferencier, als sie sich rund um das Wasserbecken aufstellten, als die beiden Türme hochgehievt wurden und man das Drahtseil spannte. »Meine Damen und Herren! Das Monmouth Stadion ist stolz und glücklich, Ihnen zum erstenmal in der Geschichte dieser ruhmreichen Sportstätte etwas ganz Neues und Einmaliges bringen zu können. Dieser junge Mann –«

Don war auf einen der Türme gebracht worden. Norma weinte hilflos. Hubble und Mundin verteilten Geldscheine an die Anstachler, während Shep seine mächtigen Schultern reckte.

»Kein Anstacheln, verstanden? Maul halten. Nicht anstacheln, hab' ich gesagt. Ruhig sein. Hernach bekommt ihr noch mehr – wenn der Junge es schafft. Jeder, der nicht mitmacht, fliegt rein zu den Fischen, kapiert? Ihr seid dran, wenn er reinkippt.«

»– dieser junge Mann, ohne jede Erfahrung im Sport, wird versuchen, die viereinhalb Meter von Turm zu Turm zurückzulegen, gegen die Bemühungen dieser sechzehn energischen Anstachler. Sie dürfen höhnen, drohen, Hupen betätigen und Kies werfen, aber nicht die Türme erschüttern –« Identifizierung mit dem Publikum, dachte Norvell. Die sechzehn Anstachler würden genau das tun dürfen, was die Zuschauer gern getan hätten, wenn sie nicht zu weit weggewesen wären. Trotzdem, ein kräftiger Wurf bei günstigem Wind oder eine Luftpistole, falls jemand außer den Wabbits eine hereingeschmuggelt hatte ...

»Die Besonderheit dieser Nummer, meine Damen und Herren, besteht in dem Becken, das der junge Mann überqueren will. Unter großen Kosten haben wir vom Amazonas einen Schwarm der tödlichsten Killer beschafft, der gefährlichsten Fische, die der Mensch kennt, Piranhas! Ihre Ferngläser, meine Damen und Herren! Versäumen Sie keinen Augenblick! Ich werfe jetzt ein lebendes Schaf in das Becken, passen Sie auf!«

Hinein stürzte das blökende, angstvolle Tier, vorher von einem Messer ein wenig angeritzt. Dann zerrte man am Seil und zog – blutige Knochen heraus. Die Zuschauer brüllten vor Vergnügen.

Vielleicht muß ich es doch nicht tun, dachte Norvell.

Shep schaute ihn wieder merkwürdig an, und Norvell trat instinktiv beiseite. Er sah hinauf zu Don Lavin, der unbewegt auf das Signal wartete.

Vielleicht brauche ich es trotz allem nicht zu tun, dachte Norvell verzweifelt. Der Ohrstöpsel seines Hörgeräts hatte sich ein wenig verschoben. Er wollte ihn zurechtrücken, ließ es aber dann.

Er brauchte ihn nicht.

Die kreischende Menge, die ölige Stimme des Conferenciers, das leise Knarren der Turmhalteseile – alles, alles drang zu ihm durch.

Er konnte hören.

Einen Augenblick lang war er beinahe entsetzt. Es war die Entscheidung, sagte er sich, ohne ganz zu wissen, was er meinte. Er hatte einfach nichts hören wollen. Er hatte nicht gewagt, etwas zu hören. Er hatte sich damit bestraft – solange er zu dem Entsetzlichen dazugehörte.

Aber sein Rücktritt war erklärt.

War er überhaupt jemals taub gewesen? Es fühlte sich so an wie vorher. Aber jetzt konnte er hören, und vorher nicht. Er ging zu Norma Lavin und legte den Arm um ihre zuckenden Schultern.

»Es wird alles gut«, sagte er. Sie lehnte sich wortlos an ihn. »Ich bekomme einen Jungen, wissen Sie«, fuhr er fort. »Und wenn etwas passiert, ist es nur gerecht, daß man für sie sorgt, nicht? Für Sandy, Virginia und den Jungen. Sie werden daran denken?« Sie nickte, ohne ihn zu hören. »Da war ein Galatag in Bay City, von dem ich mal gehört hab'«, schnatterte er. »Auch Drahtseil mit Piranhas, wie hier. Ein Schiedsrichter stand auf der Leiter, wahrscheinlich angetrunken, und er verlor den Halt –« Sie achtete nicht auf ihn.

Er stand auf und ging zu Mundin.

»Wenn etwas passiert«, sagte er, »ist es nur gerecht, daß man für Sandy, Virginia und den Jungen sorgt.«

»Was?«

»Denken Sie daran.«

Shep sah ihn wieder argwöhnisch an. Norvell entfernte sich.

Der Trommelwirbel begann, und der Conferencier entzündete die Plattform, auf der Don Lavin wie ein Mensch aus Stein stand. Die Menge heulte auf, als die Flammen hochzüngelten, und der Junge vorwärtshüpfte. Seine Balancierstange schwankte.

Der Conferencier brüllte die Anstachler an: »Was ist los mit euch, verdammt? Hupen! Kies werfen! Wofür bekommt ihr Geld?«

Einer der jungen Männer am anderen Ende des Beckens begann seine Rassel zu schwingen und sah nervös zu Shep hinüber.

»Noch hundert Dollar«, knurrte Hubble ihn an. »Jetzt beruhige dich!«

Der junge Mann beruhigte sich und starrte zu dem Artisten hinauf.

Ein halber Meter, ein Meter, schwankende Balancierstange.

Er hat Spezialschuhe, dachte Norvell. Vielleicht klappt es, vielleicht brauche ich gar nichts zu tun. Dann kann ich wieder behaglich taub sein, kann als Buße neue Batterien kaufen, kann diese Übelkeit, diese aus blutdurchzogenem Schleim gemachten Menschen einfach abdrehen.

Eineinhalb Meter, zwei Meter, und der Conferencier tobte vor Wut.

»Los, strengt euch an, ihr Halunken! Macht Krach! Bewerft ihn!«

Das Publikum buhte und schrie. In einer Ecke klatschte man rhythmisch in die Hände, stampfte mit den Füßen.

Zweieinviertel Meter, zweieinhalb, und der Conferencier begann zu schluchzen.

»Wir haben euch bezahlt, und so geht ihr mit uns um«, jammerte er. »Die armen Zuschauer. Der Ruf des Stadions. Schämt ihr euch denn nicht?«

Zweidreiviertel Meter, drei. Norvell begann zu hoffen, aber irgendwo im Publikum hatte jemand mit kräftigem Arm und Rükkenwind die nötige Wurfweite. Der halbe Ziegelstein klatschte in das Becken, und weißbäuchige Fische stürzten sich darauf und kämpften miteinander. Das Wasser brodelte.

Norvie, plötzlich eiskalt und sachlich, sagte zu Mundin: »In einer Minute haben sie ihn. Ihr müßt ihn blitzschnell herausholen. Merken Sie sich, was ich gesagt habe.«

Er schlenderte hinüber zu Willkie, der die stummen Anstachler verzweifelt anstarrte.

Wieder ein halber Ziegelstein. Er traf den Turm. Die Balancierstange schwankte wild, und Norma kreischte auf.

»Kein Nervenzusammenbruch heuer, Willkie?« sagte Norvie zum Conferencier.

»Was? Bligh? Bligh, sie hören nicht auf mich!«

Vier Meter, und fast am Ziel, dann der unsichtbare Ziegelstein, der Don Lavin zwischen den Schulterblättern traf, so daß er die

Stange zu heftig bewegte, und die Anstachler waren nicht mehr zu bändigen. Hubble und Mundin brüllten und kreischten und flehten, aber sie hatten den ›Kies‹ in ihren Händen und hörten nicht mehr; es waren nicht nur die Piranhas, die beim ersten Blutstropfen wahnsinnig wurden.

Norvell schaute sich ein letztesmal gequält in der Arena um. Aber da war nichts. Kein Stuhl, kein Tisch, kein Polster, nichts, was man den Fischen zuwerfen konnte, außer –

»*Nein!*« brüllte Shep hinter ihm, und Norvell drehte sich verblüfft halb herum. Nur für einen Augenblick. Aber der Augenblick bedeutete, daß es Shep war, nicht Norvell, der den schluchzenden Willkie umarmte; Shep, nicht Norvell, der für einen ewig dauernden Augenblick in das Becken sprang; Shep – den seine Schulden nicht ruhen ließen. Und der seine Schulden bezahlte.

Zuerst war das Wasser ruhig. Dann brodelte es.

Am anderen, ruhigen Ende des Beckens rissen Mundin und Hubble Don mit einem einzigen Ruck heraus.

24

»Ich wollte es tun«, sagte Norvie Bligh mit brüchiger Stimme immer wieder. »Ich war bereit, es zu tun.«

Norma hatte im Taxi nach Belly Rave die Arme um ihn gelegt. »Natürlich wollten Sie«, sagte sie beruhigend.

Mundin, der betäubt neben ihnen saß, versuchte, seine Gedanken zur Ruhe zu bringen. Ein guter, braver Mann, dachte er. Nur gut, daß Shep ihm zuvorgekommen ist. Wir werden ihn noch brauchen. Aber das kann er natürlich nicht so sehen, noch nicht.

»Wirklich ein Abenteuer«, plapperte Hubble. »Aber das große Abenteuer kommt erst, nicht wahr, Charles? Nach den Piranhas Green & Charlesworth. Wir werden uns noch wünschen, wieder bei den Piranhas zu sein, nicht?«

»Halten Sie den Mund«, sagte Don Lavin. Mit Don war etwas geschehen. Er mag auf dem Drahtseil etwas gelernt haben, dachte Mundin. Seltsam, wie man auf einmal plötzlich erwachsen wird – bei manchen dauert es eben sehr lange.

Er griff nach dem Telefon und verlangte Auskunft über eine Rufnummer.

»Ah, ja, das Lazarett im Stadion«, sagte Hubble. »Den alten Ryan haben wir ganz vergessen, nicht? Und wir brauchen ihn noch sehr – wann weihen Sie uns eigentlich in den Plan ein? Wir haben jetzt die Aktien, weil Don wieder da ist. Aber stimmberechtigt sind wir damit nicht. Sie werden uns lahmlegen. Ich –« Er verstummte, als er Mundins Gesicht sah. »Ryan?«

Mundin nickte.

»Innere Blutung«, sagte er. »Er ist auf dem Operationstisch gestorben.« Er seufzte.

Der Krieg kam nie billig, dachte er. Shep – beinahe Bligh – und jetzt Ryan. Noch ein solcher Sieg, und ich bin geschlagen, zitierte er im stillen, während er den letzten Kampf plante, den Ryan nun nicht mehr erleben konnte.

»Mit zehn Stunden Schlaf müßte man doch wieder auf dem Damm sein«, knurrte Don Lavin.

»Es ist schon fast Zeit«, sagte Mundin sorgenvoll. »Sehen Sie Norvie?« Sie standen in der Börse und warteten auf den Beginn. Die riesige Halle war wie üblich überfüllt – aber die gewohnte Spannung fehlte, dachte Mundin. Die Leute waren nüchtern und düsterer als beim letztenmal. Das lag an ihrer eigenen Propadanda, sagte er sich. Mit G.M.L.-Aktien war gehandelt worden, und im Lauf der letzten Woche hatten sie ein paar Punkte abgeben müssen. Nicht viel, aber eine gewisse Erschütterung war unverkennbar.

Endlich sahen sie Norvie, unauffällig an einer Wand stehend. Er schaute sie an und richtete den Blick auf anderes. Sie folgten ihm, und da stand Hubble am 100-Dollar-Schalter. Unmittelbar danach schrillte die Glocke.

»Sie sind an der Reihe, Sir«, sagte Mundin förmlich zu Don Lavin. Don verbeugte sich ironisch und tippte die erste Verkaufsorder ein: ›333, 100 Anteile, Marktpreis.‹

Die große Tafel summte und flackerte, die Computer arbeiteten und spuckten das Ergebnis aus. Don und Mundin hatten die Ferngläser auf die Zeile 333 gerichtet. Da stand: ›333, minus ½ Punkt.‹

»Gratuliere«, sagte Mundin. »Sie haben eben tausend Dollar hinausgeworfen.«

»Mit Vergnügen«, sagte Don grinsend. »Jetzt Sie.«

Mundin tippte seinen Auftrag ein – hundert Aktien 333. Und sie rasierten wieder einen halben Punkt weg.

Don hatte mit Bleistift und Papier gerechnet.

»Bei einer Bewegung alle drei Minuten und dreihundert Minuten Börse am Tag, werden wir in vierzig Arbeitstagen G.M.L. von der Tafel geblasen haben.« Sie schüttelten sich ernsthaft die Hände.

Don drückte die Tasten. ›333, minus 1/2 Punkt‹.

»Ruhig und langsam«, sagte Mundin stoisch.

Ein gereizter kleiner Mann, von einem Aufseher begleitet, kam heran.

»K-83, K-84, K-85«, sagte er. »Ah, Sie müssen das sein. Und Sie. Kennen Sie die Strafe darauf, wenn man verkaufte Aktien nicht vorlegt –«

»Schauen Sie mal«, sagte Mundin und hielt ihm die Aktien unter die Nase.

Der kleine Mann schluckte und kicherte verlegen.

»Oh«, sagte er. »Na ja, natürlich – kommen sie, Haynes. Diese Beschwerde war also unbegründet. Schrecklich, was für Gerüchte oft –« Er beugte sich zu Mundin vor. »Ich passe genau auf, wenn Sie gehen. Ich bin zur Stelle, wenn Sie die Papiere abliefern.« Er entfernte sich.

»Green & Charlesworth«, flüsterte Mundin, und Don nickte. Wer sonst? Green & Charlesworth bei der Nachprüfung.

Mundin begann wieder einzutippen, als die Glocke schrillte, dann löschte er die Eingabe. »Wir müssen schneller machen«, sagte er zu Don. ›333, 500 Aktien‹.

Diesmal fielen sie um einen ganzen Punkt.

Die Börse war seit einer halben Stunde in Aktion, und schon wurde das Gewisper immer lauter. Irgend jemand lud G.M.L.-Aktien ab.

Nach dem ersten Kurssturz hatte sich der Markt gefestigt. Mundin saß schwitzend vor dem Schalter und vermutete, daß Green & Charlesworths Beauftragte Anweisung hatten, den Kurs einen halben oder höchstens einen ganzen Punkt fallen zu lassen, nicht mehr. Sie hatten Zeit und Geld genug, um abwarten zu können.

»Sehen Sie sich ›Gleitstraßen‹ an«, flüsterte Don plötzlich.

Mundin richtete das Glas auf die Tafel. ›Gleitstraßen‹ hatten zehn Punkte verloren, ohne daß es ihm aufgefallen war.

»Sie haben recht«, sagte er zu Lavin. »Geben Sie Norvie ein Zeichen.«

Norvie nickte kurz und begann vorsichtig Aktien zu kaufen – alles, nur nicht G.M.L.

Nach eineinhalb Stunden wurde Hubble eingeschaltet, und auch er begann seine Einsätze zu bringen. Mundin und Don Lavin verkauften inzwischen schon jeweils tausend Aktien, pro Einsatz über eine Million Dollar, und hämmerten von 333 einen halben, einen ganzen Punkt herunter – eineinhalb Punkte –

Dreimal war schon ein Bote gekommen und hatte die Papiere abgeholt, um dafür Geld zu hinterlassen; die Transaktionen wurden immer gewaltiger. Er kam wieder, und Mundins Augen traten aus den Höhlen, als er den Scheck sah. Charles Mundin warf alle paar Minuten Millionen Dollar in einen Korb. Charles Mundin, der vor drei Monaten die Raten für seinen automatischen Sekretär nicht hatte bezahlen können! Er geriet beinahe in Panik und schaute sich wild um, sah Lanas Wabbits, sah eine Flasche funkeln und zischte: »Weg damit!«

»Wieviel haben wir schon abgestoßen?« fragte er.

Don Lavin sah von seinem Berechnungszettel auf.

»Knapp über achtzigtausend Anteile«, sagte er. Ein Tropfen im Eimer, dachte Mundin. Sie hatten mit fünfundzwanzig Prozent G.M.L.-Kapital begonnen, etwa sieben Millionen Anteile insgesamt, wovon ihr Paket zwei Millionen umfaßte. Sie würden so ein ganzes Jahr brauchen.

»Don«, sagte er. »Don, von jetzt an gemeinsam. Und zweieinhalbtausend pro Einsatz.«

Vierzehn Milliarden Dollar.

Vierzehn Milliarden Dollar sind ein massiver Block, vierzehn Milliarden Dollar haben ihre eigene Trägheit.

Aber auch ihren eigenen Schwung. Man schlage mit einer Feder zu und warte; man schlage wieder; schlage wieder. Die Schwingung verstärkt sich. Das riesige Gefüge vibriert und beginnt zu schwanken.

Und Don Lavins fünfundzwanzigprozentiger Anteil war keine Feder.

Die Ziffern auf der großen Tafel fielen jetzt – ›333, minus 10‹; ›333 – minus 6‹, und einmal sogar ›333, minus 42‹. Mundin, Bligh, Hubble und Don Lavin hatten durch übermenschliche Anstrengung ihr Vermögen um die Hälfte reduziert. Und jetzt mußte etwas geschehen.

Es geschah etwas.

»Eins, zwei, eins, zwei –« Ein Trupp von acht Mann der Polizei erschien, und dahinter –

Del Dworcas.

Er trat auf Mundin zu.

»Sie«, sagte er bitter, »Sie Betrüger, Sie Undankbarer, Sie Halunke!« O nein, dachte Mundin fassungslos, Dworcas konnte doch nicht – »Ich übergebe Ihnen hiermit diese gerichtliche Verfügung und beschlagnahme Ihr Vermögen! Achthundert Dollar, Mundin! Hab' ich Ihnen geliehen, um Ihnen zu helfen, und Sie lassen mich im Stich. Dabei sind Sie reich. Sehen Sie sich all die Aktien an! Sehen Sie sich die Schecks an! Jungs, nehmt das Zeug, dann los.« Er trocknete sich sachlich die Augen und wollte gehen, als die Polizisten nach Dons und Mundins Aktien griffen.

»Halt«, krächzte Mundin. »Del, hören Sie – Sie mischen sich da in etwas ein, das größer ist als Sie.« Dworcas trat unwillkürlich zurück und sah Mundin nervös an. Er befeuchtete die Lippen.

»Ja, Mister«, sagte Lana neben ihm. »Geben Sie dem Mann eine Chance. Na?«

Dworcas schien kaum atmen zu können.

»Äh – na gut«, stieß er hervor. »Gehen wir, Herb.«

»Nein, Mister«, sagte das Mädchen flehend. »Sie wollen gar nicht gehen. Schicken Sie nur die Polizei weg. Sie wollen hierbleiben und auf Ihr Geld achten, ja?«

»Richtig«, sagte Dworcas bitter. »Gehen Sie, Herb.«

Der Polizist runzelte die Stirn.

»Ich denke –« begann er.

»Hauen Sie ab, Herb!«

Der Polizeibeamte zuckte die Achseln und marschierte mit seinen Leuten davon.

»Gut gemacht, Lana«, ächzte Mundin.

»Also, Jungs«, sagte sie ruhig. »Ihr könnt die Flaschen wieder wegstecken. Er bleibt hier, nicht wahr, Freundchen?«

»Klar«, flüsterte Dworcas und sah die Wabbits mit glasigen Augen an, als sie ihre Flaschen versteckten.

Mundin wandte sich wieder der Tafel zu. Er hatte eine Weile nicht aufpassen können, aber – aber –

Er starrte lange auf Zeile 333. Da stand ›333, minus 13‹.

»Don«, sagte er ungläubig. »Don, es hat angefangen. Es verkauft noch jemand.«

Coett? Nelson? Green & Charlesworth selbst? Sie erfuhren es nie. Aber nach wenigen Minuten machten alle mit. 333 fiel und fiel und fiel. Mundin und Lavin heulten wie die Irren und kippten jedesmal zehntausende von Aktien hinein, und weitere Tausende kamen aus versteckten Depots, aus alten Stimmvollmachten, aus dem Blauen, wie es schien. Minus 15. Minus 28. Minus 47. Minus 61.

Der ganze Börsenmarkt war in Bewegung, und die Zahlen auf der Tafel hatten nur noch wenig zu tun mit dem, was wirklich geschah; sie waren um Minuten zurück. Zweimal gab es Ärger, und die zerbrochenen Flaschen wurden gezückt, ein paar blutende Gestalten sanken zu Boden und wurden niedergetrampelt. Aber nur zweimal. Die Dichte der Menschenmenge schützte sie; nicht einmal Panzer hätten bis zu ihnen vordringen können.

Das ist der kritische Punkt, dachte Mundin verzweifelt, über seine Tastatur gebeugt. Jetzt mußten sie die Stimmung der Börse erfassen und genau wissen, wann sie mit dem Verkauf aufhören mußten, wann sie wieder zu kaufen hatten. Eine Hand schob sich über seine Schulter und griff nach einem Papier, aber es war nur Del Dworcas, der still seine Verfügung an sich nahm und sie zerriß.

»Gehört Ihnen«, sagte er zu Mundin und ließ die Fetzen auf den Boden flattern. »Ich weiß, wann man von einem Verliererpferd steigen muß, Charles. Und vergessen Sie nicht, wer Sie zu den Lavins gebracht hat.«

Das Urteil eines praktizierenden Politikers, dachte Mundin staunend. Wie eine Stimme aus dem Grab, Ryans Stimme.

Und deshalb wußte er, daß sie gewonnen hatten.

25

Sie feierten in dieser Nacht in Belly Rave – einen passenderen Ort schien es nicht zu geben. Es war eine ruhige, aber stolze Feier. Sie hatten gewonnen, alle miteinander. Und gemeinsam besaßen sie die größte Machtkonzentration, die es auf der Welt jemals gegeben hatte.

Selbst jetzt kannten sie das ganze Ausmaß ihres Besitzes nicht. Mundin und Norvie hatten mühsam ihren Anteil an G.M.L. berechnet – fast siebzig Prozent. Ihre eigenen Anteile hatten sie wieder, dazu wahrscheinlich alles von Coett und Nelson und noch genug dazu, um zu wissen, daß sie die Reserven von Green & Charlesworth angegriffen hatten. Auf jeden Fall genug – woher auch immer.

Genug um das Haus Lavin – nicht länger mehr G.M.L.-Bauten – zu dem zu machen, was Lavin geplant hatte.

»Gleitstraßen Paket B«, rief Hubble, »zweihundertfünfzig Aktien.«

Don Lavin hakte auf seiner Liste ab.

Hubble griff zum nächsten Papier.

»Nichteisenmetalle – he, das war Nelson! Nichteisenmetalle, fünfzehnhundert.« Er kratzte sich am Kopf. »Hab' ich die gekauft? Na, egal. Tioga-GmbH. – Augenblick. Die stellen Puppen her. Habt ihr davon schon mal gehört? Wir haben die Mehrheit.« Hubble zuckte die Achseln und warf Lana das Papier hin. »Da, Kleine. Gehört euch.«

Lana sah ihn verwundert, dann angriffslustig, dann verloren an. Sie starrte auf das Papier.

»Puppen«, flüsterte sie.

Hubble warf die anderen Unterlagen in seine Tasche und schlug Don Lavin auf die Schulter.

»Schluß. Das erledigen wir morgen. Ausgeglichen ist das Portefeuille nicht, aber wir hatten es ja auch eilig. Jedenfalls scheint uns von allem etwas zu gehören.«

»Wir werden es brauchen«, sagte Norma. Sie lag in Mundins Armen. »Die alten Ungeheuer in ihren Glaskästen –«

Mundin streichelte ihre Hand.

»Ich weiß nicht«, sagte er. »Sie sind so gut wie tot. Sie hatten keinen anderen Lebensinhalt als die Macht, und als wir alles umstürzten, haben wir sie ihnen genommen. Wir –« Er verstummte. Das Haus vibrierte und sirrte. Draußen flammte weißes Licht auf, färbte sich orangerot und erlosch.

»Was ist das?« fragte Norvie Bligh, einen Arm schützend um seine Frau gelegt.

Niemand wußte es, und sie liefen alle hinauf in den ersten Stock, wo es ein verglastes Fenster gab – wo es ein verglastes Fenster gegeben hatte. Das Glas lag zersplittert am Boden.

Auf der anderen Seite der Bucht, leuchtend sogar im Abenddunkel, dort, wo Alt-New York gestanden hatte und verfallen war – hing eine pilzförmige Wolke.

»Green & Charlesworth«, sagte Norvell nachdenklich. »Sie sind wohl nicht der einzige gewesen, der begriffen hat, daß sie so gut wie tot waren, Charles.«

Sie standen einen langen Augenblick am Fenster und sahen, wie die Wolke aufs Meer hinauszog, ein körperloses Denkmal für den Selbstmord der Struldbrugs, das einzige Denkmal, das sie je bekommen würden . . .

»Gehen wir lieber hinunter«, sagte Mundin. »Wir müssen aufräumen.«

Theodore Sturgeon

IM GOLDMANN-TASCHENBUCH

Der Literat unter den SF-Autoren

Hinter dem Ende der Zeit (23408)
Auf dem Floß der Zeit (23399)
Fährmann ins All (23395)
PSI-Talente (23339)
In einer fremden Haut (23326)
Nach dem Exodus (23233)
Prognose: positiv (23200)
Der Gott des Mikrokosmos (23195)
Licht von den Sternen (23192)
Tausend Schiffe am Himmel (23189)
Das Geheimnis von Xanadu (23188)
Die lebenden Steine (23187)
Sein Name war Mensch (23184)

Verlangen Sie das Gesamtprogramm beim
Goldmann Verlag · Neumarkter Straße 18 · 8000 München 80